Coups de sang

DU MÊME AUTEUR

Chez Pierre Belfond :

Les Ritals
Les Russkoffs
Bête et méchant
Les Yeux plus grands que le ventre
Maria
L'Œil du lapin
Les Écritures
Louise la Pétroleuse (théâtre)
... Et le singe devint con (L'Aurore de l'Humanité I)
Le con se surpasse (L'Aurore de l'Humanité II)
Les Fosses carolines
La Couronne d'Irène
Le saviez-vous ?
Les Aventures de Napoléon
Mignonne, allons voir si la rose...

Aux Éditions Hara-Kiri :

4, rue Choron

Chez Jean-Jacques Pauvert :

Stop-Crève
Droite-Gauche, piège à cons

Aux Éditions Julliard :

(Collection « Humour secret »)
Cavanna

Aux Éditions Albin Michel

La Grande Encyclopédie bête et méchante
La Nouvelle Encyclopédie bête et méchante

Aux Éditions l'École des Loisirs :

adapté en vers français par Cavanna
Max et Moritz, de Wilhelm Busch
Crasse-Tignasse (Der Struwwelpeter)

CAVANNA

Coups de sang

PIERRE BELFOND
216, boulevard Saint-Germain
75007 Paris

Si vous souhaitez recevoir notre catalogue
et être tenu au courant de nos publications,
envoyez vos nom et adresse, en citant ce livre,
aux Éditions Pierre Belfond,
216, bd Saint-Germain, 75007 Paris.
Et, pour le Canada, à
Edipresse Inc., 945, avenue de Beaumont,
Montréal, Québec, H3N 1W3.

ISBN 2.7144.2619-0

Peuples...

Peuples, pourquoi êtes-vous si beaux, si nobles, si dignes, si généreux, si hospitaliers, quand vous crevez de faim, et devenez-vous si laids, si gras, si arrogants, si cons, quand vous avez régulièrement le ventre plein ?

Les assassins tranquilles

Ils l'ont fait !

Non, c'est pas possible ! C'est pas vrai ! Ils n'ont pas fait ça ! Si, ils l'ont fait.

Il faut les comprendre. Ils étaient en colère. Déçus. Désespérés. Ils se sentaient incompris, abandonnés. Il fallait bien qu'ils fassent quelque chose, quelque chose de gros, d'énorme, de terrible, pour qu'on les entende. Alors, ils ont amené les moutons.

S'ils avaient cultivé les tomates, ils auraient apporté des tomates. Eux, c'étaient les moutons. Ils ont amené des moutons. Des milliers de moutons. Des brebis, des agneaux. C'est ça, leur marchandise, à eux, leur production : du mouton. Ç'aurait été de la tomate, ou de la patate, ou du chou-fleur, ils auraient jeté des tomates, des patates ou des choux-fleurs à la tête des CRS, en auraient répandu sur les routes, dans la cour de la Préfecture, enfin, partout où ça fait de l'effet. Mais eux, c'était du mouton. Ça se manie moins facilement, le mouton. Pour le jeter sur les CRS, il faut d'abord le hisser dans les étages, et puis le balancer par la fenêtre. Ils l'ont fait. Ils en ont bavé. Ceux qui cultivent la tomate ou le chou-fleur ne connaissent pas leur chance. Ils ont hissé les moutons là-haut, et hop, vas-y donc, par la fenêtre ! Bien attrapés, les CRS. Ils ne s'attendaient pas à celle-là, dis donc. Les moutons, eux, tout cassés. Ça bêlait, là-dedans !

Dans un sens, c'est un avantage, ça amplifiait la merde. Les choux-fleurs, ça ne bêle pas.

Une autre fois, dans leur sainte et légitime colère, ils y ont mis le feu, aux moutons. Carrément. Un camion bien bourré. Alors, là, non seulement ça bêle, mais ça pue le mouton cramé, la laine, la graisse, tout ça te fait une de ces fumées noires bien dégueulasse, les médias ont été gâtés.

Ils l'ont fait. Ils en ont fait, en font, en feront bien d'autres. Ce sont des actes symboliques, voyez-vous. C'est pour bien faire comprendre à qui de droit qu'on préfère jeter la marchandise que la vendre à ce prix-là. Tomates, choux-fleurs, moutons, tout ça c'est de la marchandise...

Non, pas comme ça. Me voilà encore parti à ironiser. Je dérape dans le sarcasme. C'est ça, l'écriture : tu prends la plume fou de rage, tu la prends parce que tu es fou de rage, et le temps que la phrase te descende du cerveau au papier en passant par le bras, la main et le feutre, ta colère a bifurqué. Oh, elle est toujours là, virulente, mais, au lieu de mordre assassine à pleines mâchoires dans la viande, elle ricane, elle fait le croche-pied, elle ridiculise. Pas de ça ! Les mecs qui font ça, des choses pareilles, tu les auras pas au sarcasme. Rien à foutre de l'ironie, ces fumiers-là. De la brute pur jus, du Croc-Magnon plein silex. La tatane à clous dans la gueule, c'est tout ce que ça comprend, comme ironie.

Ils l'ont fait. Ils ont arrosé d'essence, ils ont foutu le feu et ils ont regardé cramer les moutons tout vivants, ils les ont entendus gueuler, jusqu'au bout, jusqu'au bout, et ils se marraient, les épais, ils imaginaient la grimace du préfet ou de je ne sais quel fonctionnaire qu'ils visaient, ils se fendaient la gueule, ils buvaient le coup, rien de grand ne se fait sans l'alcool, ah, dis donc, t'as vu le travail ?

Dis-moi que c'est pas possible, dis-moi que des paysans français n'ont pas pu faire ça, dis-moi que c'était juste un petit groupe de sales cons bourrés à mort, dis-moi que les autres, la majorité, l'immense masse des paysans qui étaient là, leur sont tombés dessus, leur ont écrasé la gueule à coups de sabots sur le pavé, dis-moi qu'ils ont tous couru chercher des seaux d'eau et se sont rués dans le brasier, et ont risqué leur peau, et ont sauvé tout ce qu'ils ont pu sauver, dis-le-moi, dis-moi ça, c'est comme ça que ça s'est passé, n'est-ce pas ? Ils ne sont pas tous restés là, les gros cons, à regarder flamber des êtres vivants, des êtres avec des yeux qui les regardaient, avec des voix qui les suppliaient...

Non ? Tu ne dis rien ? Tu me dis que je ferais mieux de laisser tomber, que je vais finir par insulter la classe paysanne, et que ça, c'est très dangereux, ça ?

Oh, je ne les insulte pas, les paysans. J'aurais tant aimé qu'ils soient un peu moins cons, un peu moins ingénûment féroces que les autres, c'est tout...

L'habit de lumières

La beauté bouleversante de la corrida ! L' « habit de lumières » ! La « minute de vérité » ! Il faut avoir connu ça, qu'ils disent, pour avoir le droit d'en parler. Devant tant de splendeur, tant de grandeur, tant d'émotion, tout le reste devient gris et mesquin, la Mort (majuscule !) revêt toute sa sauvage fascination, etc., etc. Vous avez déjà lu et entendu bien des fois cette musique. Et défilent Montherlant, Hemingway, Garcia Lorca... Oserez-vous discuter ces Maîtres du Beau ?

Mais, bon dieu, rien de plus facile à fabriquer que cette « beauté »-là ! C'est la « beauté » d'une revue du Lido ou des Folies-Bergère ! La « beauté » du cirque. Collez sur un bonhomme un costume rutilant de strass et de paillettes, plantez-moi ce guignol en plein soleil au beau milieu d'un vaste rond de sable blanc, entourez-le d'acolytes à pied et à cheval, tous, hommes et chevaux, dégoulinants de galons, pompons, gourmettes, passementeries et autres fanfreluches aux vives couleurs, dressez-moi tout autour des flopées de draperies armoriées, plantez des oriflammes claquant au vent là où ça fait le plus d'effet, foutez-moi par là-dessus une fanfare de cuivres éclatants, et puis déroulez la pompe bien ordonnée d'un rituel aussi grandiosement fastueux que le sacre d'un roi, vous rendrez « beaux » — si vous aimez ce genre de beauté ! — un concours de mangeurs de boudin, une extraction dentaire, une distribution de coups de pied au cul, une exécution capitale !

Clinquant, pacotille, décor, carton-pâte, émotion préfabriquée, mise en condition du gogo... Théâtre. Mise en scène. Les manipulateurs de foules savent faire vibrer le beauf, il n'y faut que quelques trucs, très simples, toujours les mêmes. Les curés et les militaires, ces spécialistes de l'enthousiasme sur commande, ont eu des siècles pour perfectionner la méthode. L'épisode nazi fut un gigantesque opéra, un viol des masses permanent, du sublime à la tonne, du grandiose survolté. Il faut revoir les images des congrès de Nuremberg, les haies de projecteurs braqués à la verticale illuminant les nuages, les immenses bannières rouges à croix gammée tombant droit jusqu'à terre et bouillonnant en plis lourds sur le sol, les parades nocturnes, les torches, les chants... Ah, il leur en a donné, l'Adolf, de l'apothéose !

Jusqu'aux banderilles, ces horribles instruments de torture, qu'on orne de rubans de couleur et de je ne sais quelles cochonneries frisottées (tradition !) dignes d'un mirliton, dissimulant l'engin sadique sous l'accessoire de cotillon... Le jeune futur matador aux fesses bien moulées dans sa culotte à la con (tradition !) qui se dresse gracieusement sur la pointe des pieds pour enfoncer rituellement ses deux javelots enguirlandés dans la nuque offerte, et puis fait un non moins gracieux saut de côté pour éviter les cornes du « fauve », oh que je le hais !... Mais il risque sa peau, Monsieur!... Et alors? Qu'en ai-je à foutre? Le couvreur aussi risque sa peau, et tous les jours, mais il n'a pas de fanfare, lui, ni d' « habit de lumières », lui, ni de « Olé! », et il n'assassine ni ne torture personne, lui... Et le taureau, rendu fou par la souffrance, ne comprenant rien à ce qui lui arrive, à ces douze centimètres d'acier affûté en forme d'hameçon soudain enfoncés dans sa chair, court et rue, et les banderilles, du coup — Oh, que c'est donc ingénieusement calculé! Oh, raffinement dans la dégueulasserie! — oscillent et s'agitent avec violence, et déchirent les muscles, et cisaillent les nerfs, à la grande joie du public qui voit joliment virevolter dans les airs les pimpants oripeaux aux riantes couleurs... Et le sang, le sang qui gicle et qui arrose « en pluie vermeille », comme chante le poète en s'accompagnant sur la lyre sonore. Ah, le sang, le sang! Extase des extases, frisson suprême, qui fait sur les gradins de bois mouiller les culottes des mémères et bandouiller les impuissants.

On leur ferait applaudir l'égorgement de leurs propres enfants, à ces sales cons, pour peu que le spectacle en vaille la peine... Et si, en même temps, une fanfare leur jouait « Carmen », bien sûr. « Carmen », minable musiquette de bastringue bricolée sur une anecdote d'un sordide fait divers, « opéra le plus joué dans le monde » — pardi, c'est le plus con! —, « Carmen », que de mal tu auras fait, triste pute, en réinjectant dans les crânes épais qui n'y pensaient plus la fascination morbide de la corrida!

Car la corrida est en train de conquérir la

France. D'abord sournoisement, puis de plus en plus arrogamment, elle s'impose, la saloperie, en même temps que pas mal d'autres imbécillités toutefois moins féroces fatalement liées au développement explosif du tourisme de masse. Réintroduite chez nous (elle avait pratiquement disparu) par le caprice de la très bornée, très bigote, très cucul-la-praline et très espagnole dame Eugénie de Montijo, épouse négligée — bien fait ! — du piteux Napoléon III, le célèbre empereur de carton-pâte, la corrida n'est actuellement autorisée, en principe, que « dans les municipalités où une tradition ininterrompue, gningningnin... » Elle s'en contenta longtemps et semblait devoir crever tout doucettement de sa belle mort, comme bien d'autres amusements folkloriques locaux. Mais voilà que surgissent les loisirs de masse. Des astucieux se sont avisés que, parmi les moyens propres à réveiller l'intérêt du congé payé tout venant qui s'emmerde si on ne le gave pas de distractions excitantes, payantes et pas fatigantes pour le corps ni pour les méninges, les sanglants jeux de l'arène, déjà bien propulsés par toute cette littérature « sang et lumière » qui les auréole d'un prétexte culturel, pouvaient devenir d'un rapport aussi juteux qu'en Espagne. La corrida, bien « médiatisée » — pour ça, si tu as le fric ou l'espérance du fric, aucun problème —, pouvait devenir une puissante pompe à drainer le fric de la poche du connard en bermuda à fleurs et aussi — et surtout ! — celui du « sponsor » et du publicitaire, car elle a lieu dans une arène, grand machin rond avec une balustrade tout autour, vous voyez ce que je veux dire. Suffisait que la télévision acceptât de jouer le jeu. Elle accepta, la salope.

Et je ne parle pas des paris, encore artisanaux et semi-clandestins. A quand le toro-loto ?

Vous qui aimez...

Vous qui aimez la mort, vous qui vous repaissez du spectacle de la mort « esthète », je vous hais. Le sang vous dégouline des babines, vous êtes hideux et con. Je vous hais.

Je rêve d'être au beau milieu d'une de vos arènes, à plat ventre derrière une mitrailleuse lourde, et de crever bien à l'aise vos paillasses pleines de merde et de fantasmes cradingues, de faire gicler la pourriture et la tripaille... Et puis je me secoue, je me rappelle que je ne sais même pas sur quel machin il faut appuyer pour faire cracher une mitrailleuse, et je me dis que vous rigoleriez vos rires dégueulasses de me voir là, à plat ventre comme un con, et me jetteriez vos épluchures de cacahouètes, et qu'on me traînerait par les pieds, la gueule dans le sable, et que vous gueuleriez impatiemment « Toro ! Toro ! »... Et bon, vous avez gagné. Les cons gagnent toujours. Ils sont trop.

La corne magique

Le rhinocéros, écrivait ou à peu près Monsieur de Buffon, est plus inexpugnable encore que l'éléphant. Le tigre, poussé par la faim, ose parfois attaquer l'éléphant en s'efforçant de le saisir à la trompe, alors que s'il se risquait à affronter un rhinocéros il serait immanquablement éventré par la terrible corne nasale... N'aie crainte, cher Monsieur de Buffon, ce que le tigre n'ose, l'homme le fera. Il suffit qu'il se trouve, au bout de la « terrible corne », du fric à ramasser.

Une chose aussi extraordinaire qu'une corne unique plantée sur le bout du nez, incongruité de la nature presque aussi excitante pour l'imagination que la corne frontale de la mythique licorne des troubadours, ne peut pas avoir été mise là par Dieu pour des prunes ! On pressent une intention hautement symbolique, l'indication de vertus merveilleuses qu'il ne reste qu'à découvrir. C'est bizarre, c'est rare, ça vient de loin, c'est dangereux à se procurer, donc ça vaut cher. Trouvons-lui un emploi, si possible prestigieux et d'efficacité invérifiable, le reste est affaire de baratin. Les médicastres chinois trouvèrent, et ce « dès la plus haute antiquité », ce qui pour les gogos constitue la meilleure recommandation. La corne de rhinocéros fut par eux décrétée puissamment aphrodisiaque. Râpée et triturée selon les rites minutieux de la pharmacopée millénaire de ce que les rédacteurs moustachus du « Journal des Voyages » cher à nos grands-pères se plaisaient à appeler « le Céleste Empire », elle est censée assurer au jeune marié cette roideur indispensable qu'il craint de ne pas trouver dans les seules ressources intimes de son amour, amour d'ailleurs très relativement passionné dans ces heureux pays à mariages arrangés d'avance par les familles. Elle apporte au vieillard épuisé par les excès sentimentaux le ressort qui lui permettra de s'envoyer en l'air une ultime fois...

Bref, alors que l'Occident grossier s'est depuis longtemps arraché à ces crasseuses recettes de sorcière à base de fiente de pigeon, de jus de menstrues et de venin de crapaud recueilli à la pleine lune, la prestigieuse traditionnelle médecine chinoise, redécouverte aujourd'hui avec des cris de joie par les ignorants de par ici affolés de médecines « autres », « parallèles », en tout cas non conformistes et flatte-couillon, la donc millénaire médecine chinoise continue à prétendre faire bander, à la poudre de corne de rhinocéros et à prix d'or, ceux qui ont les moyens de se payer cette exotique merveille.

Et donc, dans les savanes d'Afrique, dans les jungles de Malaisie, on traque, on piège, on massacre à tour de bras les quelques rhinos errants cramponnés à l'existence, en dépit des lois et des flics — lois faciles à tourner, flics faciles à suborner, en ces terres de misère — afin que les apothicaires chinois puissent vendre leur poudre de perlimpinpin, sans doute mêlée d'une bonne proportion de poussières de balayage !

La clientèle, à mon avis, doit se recruter parmi les Chinois de Taiwan ou d'autres pays où abondent les Chinois riches, puisque en Chine populaire, vu l'implacable contrôle des naissances et des coïts, il semblerait que le citoyen doive plutôt chercher à juguler ses élans amoureux.

Mais quelle taraudante obsession de ne pas bander torture donc ces Asiates ? C'est vraiment un tel problème pour eux ? La hantise de l'impuissance les tourmente à ce point ? J'ai cité la corne de rhino, mais savez-vous qu'on massacre aussi les bébés phoques, indépendamment de leur fourrure si prisée des sinistres connasses de chez nous, pour leurs mignons testicules qui, broyés et dilués selon les règles, donnent eux aussi un regonfle-quéquette presque aussi apprécié des Chinois que la corne de rhino, et un peu moins coûteux ? Une usine spécialisée dans cette extraction de jus de couilles de bébés s'est même montée en Afrique du Sud, là où les phoques, par dizaines de milliers, viennent s'accoupler et mettre bas.

Mais, bon dieu, que font donc les femelles chinoises, ces extraordinaires femmes d'Orient, ces geishas, ces mousmés dont on vante si haut l'incomparable science des choses de l'amour et de la volupté ? Si leurs mâles sont feignants de la braguette, qu'elles leur fassent donc des pipes ! Enfin, quoi.

La Paloma

Débat télé sur la Cinq. A la suite, questionnaire national : « Etes-vous pour ou contre le massacre des palombes dans le Sud-Ouest ? »

Pour : 42 %. Contre : 53 %.

53 % ! C'est tout ? Je les savais féroces, mais là, ils m'ont assis. Je me figurais, voyez-vous, que l'acharnement dans l'assassinat des blanches palombes en profitant de leur migration vers le soleil se limitait aux indigènes des départements aquitains. Ces Sudistes enragés ne représentent tout de même pas 42 % de la population de la douce (hum !) France. Donc, dans son ensemble, près de la moitié de la France est d'accord avec le massacre pour faire joujou, les protestataires occupant tout juste l'autre moitié de la statistique...

J'ai beau vous savoir sanguinaires, vous m'infligez à chaque fois en pleine gueule la preuve que je suis encore trop optimiste. Le Français est aux oiseaux migrateurs ce que l'Espagnol est aux taureaux : une brute meurtrière et acharnée, planquée derrière l'éternel prétexte folklorique et « culturel » de la tradition, cette salope aux mains sanglantes.

S'en fout pas mal, des palombes, le peuple de France ! Des espèces de petits machins blancs qui passent dans le vent, tout là-haut, comme du duvet de fleur de pissenlit. La chasse est une spécialité régionale amusante et pittoresque, pas plus méchante que la cueillette des champignons, n'est-ce pas. Et ça crée des emplois : les cartouches ne poussent pas sur les arbres. Et quel afflux de prospérité pour ces paysans méritants : Le mirador d'affût se loue à prix d'or. Alors, hein... Ayons une pensée émue pour les gros pères accroupis dans leurs planques, amplement munis de salaisons, de foie gras et de toutes ces bonnes choses qui se font par là, amplement munis, aussi, de liquides rafraîchissants et stimulants, car le saucisson altère et la brume matinale picote. Voyons-les, les ventrus, roter un bon coup, puis, fusil au poing, entonner avec âme « La Paloma », car l'homme vit aussi de poésie.

Dernière minute : Je me suis trop vite emballé. Le lendemain, résultat définitif du sondage : 38 % pour, 62 % contre. C'est un peu moins désespérant. C'est quand même pas le grand pavois. 38 %, cela cerne un peu plus strictement les départements directement concernés par la passion du massacre des innocents et par ses retombées économiques. Les amis des palombes ont la spontanéité un peu rouillée. Ou peut-être ne regardaient-ils pas la Cinq ?

Enfoiré mondain

C'était à prévoir.

Depuis le temps que ceux qu'on appelle, avec le petit sourire goguenard qui s'impose, « les amis des bêtes » se battent contre l'universelle et triomphale connerie ambiante, ils ont peu à peu réussi à réveiller les consciences et à presque mettre à la mode l'intérêt pour les formes de vie autres que strictement humaines. Parler respect et protection de l'animal, voire amour, n'est plus ridicule. Ce fut dur, ce n'est pas gagné, loin de là, mais ça avance.

A partir de là, une plate-forme anticonformiste toute faite s'offre au petit connard arriviste qui veut se tailler sa petite place au soleil des snobinards : proclamer bien haut son dégoût des bébêtes et son mépris pour les mémères à.

Ça, Madame, c'est du créneau ! Nouveau ! Original ! Prendre le contre-pied, ça paie toujours. Mettre le paradoxe mondain à la portée des méninges du beauf tout-venant... Et beaufs d'applaudir ! Beaufs de se reconnaître dans l'audacieux démolisseur de tabous ! D'autant mieux que ça répond à la férocité profonde beaucoup plus spontanée chez l'individu courant que l'élan de sympathie. Les défenseurs des bêtes nous emmerdent, voilà ce que monsieur Ducon-Moyen pense tout bas sans trop oser le dire parce que les jeunes d'aujourd'hui sont dans l'ensemble plutôt probébêtes, un peu comme ceux de soixante-huit — dont M. Ducon-Moyen — étaient pro-Mao... Mais puisque voilà que le connard arriviste dont nous parlions tout à l'heure ose écrire et affirmer dans le poste que les amis des chiens et des chats nous pompent l'air, que les grands problèmes de cette fin du vingtième siècle sont la prolifération des crottes de chien sur nos trottoirs et la multiplication des chats dans les galetas des pauvresses qui feraient mieux de se payer du caviar avec leur maigre retraite que de la gaspiller en boîtes de Ronron, puisque ce puissant novateur a levé le drapeau de l'anti-chienchien-à-sa-mémère, osons à notre tour, nom de dieu, gueulons que nous en avons marre de marcher dans la merde, exigeons des mesures, suscitons un mouvement d'opinion, à bas la sensiblerie, vive la virile cruauté, et tiens, sur notre élan, rétablissons la peine de mort... Au moins pour les chiens errants, mais ce n'est qu'un début.

Naturellement, le connard ci-dessus n'a pas manqué de brandir l'argument massue des chasseurs, des aficionados, des pêcheurs à la ligne ou « au gros », des vivisecteurs et des arracheurs d'ailes de mouches : « Occupons-nous d'abord des misères humaines, hélas encore si nombreuses ! Quand il n'y aura plus un seul petit enfant affamé dans le Tiers-Monde, plus un seul opposant torturé, plus une seule injustice chez les hommes, plus une seule guerre... alors, peut-être pourrons-nous nous offrir le luxe de nous inquiéter de la souffrance animale. » Ça, ça fait toujours son petit effet, ça. L'assemblée se tait et hoche la tête... Demande-lui seulement, au tartufe, ce qu'il fait pour les petits enfants affamés, lui, et pour les droits de l'homme, lui. N'aie pas peur, il restera comme un con. Dis-lui alors que, toi qui te bats pour les bêtes, tu te bats AUSSI pour les enfants affamés et pour les droits de l'homme. Car il n'est qu'un combat, un seul, contre un ennemi, un seul, et cet ennemi s'appelle souffrance, peur, mort. La pitié, l'amour, ne se divisent pas... Oser chipoter le Ronron de la petite vieille qui se prive pour nourrir les chats errants et lui dire qu'elle ferait mieux de se priver pour le Tiers-Monde, oser proférer de pareilles conneries dans un pays où l'on arrose de pétrole des milliers de tonnes de pommes de terre parce qu'on ne peut pas les vendre au prix qu'on voudrait, il faut vraiment être un petit connard inconscient prêt à tout pour se tailler son glorieux chemin dans la jungle des cons.

Non, mais, tu te rends compte? Cette chance incroyable que nous avons, nous, hommes, que ces deux animaux merveilleux, le chat et le chien, veuillent bien partager notre vie, se fondre dans nos habitudes, nous offrir à tout instant leur beauté, leur gaieté, leur amitié, cette amitié totale qu'aucune amitié humaine ne saurait égaler? Leur regard, tiens. Leur regard...

Vivent les chiens! Vivent les chats!

Et mort aux cons!

Dieu existe : mon chien l'a trouvé

Un animal, c'est un homme d'avant l'homme.

Phrase pour journaliste à deux sous. Phrase qui fait pschitt. On y met ce qu'on veut. Et toi, tu y as mis quoi ?

Ceci : que l'animal — disons, le chien — est doté d'un psychisme certes beaucoup moins perfectionné que celui de l'homme. Il ne va pas jusqu'à accéder à la faculté de raisonner. Mais, en ce qui concerne l'aspect affectif de l'activité mentale, ce que nous appelons le sentiment, il fonctionne de façon au moins aussi intense. Son psychisme est simple, presque réduit aux instincts, mais il est extrêmement actif. Les pulsions sont, là, à l'état pur, sans être masquées, modulées ou refrénées par la réflexion ni par l'éducation. Un chien, ou n'importe quel animal, n'essaie pas, comme ferait l'homme, de sauver la face. Il n'a pas de dignité, pas d'honneur, de fierté, d'ambition, aucune de ces conneries qui empoisonnent les relations humaines. Les relations avec un animal sont directes, franches et sans sous-entendus.

Qu'il ne me tombe jamais sous la pogne, celui qui abandonne son chien ou son chat au moment des vacances ! La grande colère rouge me mordrait au cul, je ferais du dégât. Avant de prendre chez soi un animal, il faut y réfléchir à deux fois, se dire que c'est pis qu'un mariage. Car le chien jamais ne vous désaimera, jamais. D'avec son conjoint, on peut toujours divorcer. Avec un animal, toute séparation est un drame, on peut dire un assassinat : si la bête ne meurt pas de chagrin, la fourrière se chargera de l'exécution, ou peut-être, horreur suprême, le laboratoire.

Pour eux, Dieu existe : c'est l'homme. L'homme dispensateur de tout bien, l'homme objet de tout amour. Ils lèvent les yeux : l'homme est là. Tout est en ordre. La sérénité parfaite. Comme si, pour nous, le Bon Dieu était parmi nous, visible, palpable, en permanence. Plus de problème ! La vie, enfin, aurait un sens. Plus besoin de la foi, de faire violence à la raison pour croire, puisque l'évidence serait là, éclatante, mesurable, adorable.

Les chiens, les chats, n'ont nul besoin de croire. Il leur suffit de lever les yeux : Dieu est là.

Ils ne savent pas que nous ne sommes pas Dieu, ils ne savent pas qu'il n'y a pas de dieux, ils ne savent même pas ce que c'est qu'un dieu, et à quoi bon ? Ils en ont un, chacun le sien, voilà tout. Heureux les chiens !

Aussi longtemps que Dieu ne les abandonne pas au bord d'une route, le premier jour des vacances...

Quelque part en Seine-et-Marne

Quelque part en Seine-et-Marne, il y a une forêt. Il y a beaucoup de forêts en Seine-et-Marne, et aussi ailleurs. Parlons de celle-ci, elle vaut pour les autres. Une route traverse cette forêt, une route très fréquentée. En bordure de la route, encastré dans la forêt, il y a un élevage de faisans. Ces faisans, on les élève pour la chasse. On les voit de la route, ils picorent et volettent dans une espèce de volière couverte en grillage à poulailler, à hauteur d'homme à peu près afin qu'on puisse circuler là-dedans et distribuer aux faisans la nourriture. Quand les faisans sont mûrs, je veux dire quand ils sont dans la plénitude de leur taille et de leur beauté, beaux à vous faire battre des mains et pleurer de joie, on les lâche. Pas bien loin. Dans les bois tout autour. Ces bois, cette forêt magnifique ont été créés tout exprès pour le plaisir et l'agrément des chasseurs, ces êtres si poétiques, si amoureux des splendeurs de la nature. On pourrait très bien chasser le faisan dans un espace bétonné, ou bitumé, soigneusement clos, une espèce d'immense stand de tir, on pourrait très bien. Ce serait propre, confortable et sans danger. Mais ce ne serait pas sportif, ni poétique. Surtout, ce ne serait pas naturel. Le chasseur est un être essentiellement, comme je vous l'ai dit, épris de nature et d'authenticité. Si, pour tuer, il utilise un fusil perfectionné au lieu de ses dents et de ses ongles, c'est, croyez-le bien, une concession qu'il fait aux convenances, et cette concession lui coûte beaucoup. Le chasseur, donc, ne peut tuer le faisan que si celui-ci est environné de son cadre naturel de verdure et de futaies. Les bois, forêts, landes et prairies sont le champ d'action du chasseur, nul autre que lui ne doit s'y trouver, nul autre que lui, son chien et le gibier, naturellement. Le promeneur n'a rien à faire ici, la verte nature n'est pas son domaine, seul le tueur déguisé en homme des bois y est chez lui. Le promeneur pédestre a, pour exercer son sport ridicule, l'asphalte des trottoirs citadins. Cela est d'ailleurs parfaitement inscrit dans le Code : il existe un permis de chasse, soumis à la taxe et donc protégé par la loi. Il n'existe pas de permis de promenade. Les bois, plaines, halliers et guérets sont soigneusement jalonnés et divisés en actions de chasse, qui se louent extrêmement cher. Il n'existe pas d'actions de promenade. La chasse est une activité de loisirs qui anime diverses industries nationales, elle est donc créatrice d'emplois et stimulatrice du commerce, donc profitable à la prospérité générale. La promenade contemplative ne consomme que des baskets ou des pataugas, ce qui est ridicule et égoïste.

Les faisans, dès que leur plumage a acquis la plénitude de sa splendeur et leur queue son épanouissement maximum, c'est-à-dire lorsqu'ils sont devenus vraiment intéressants à massacrer, ce qu'on appelle de « belles pièces » qui vous font honneur sur la photo, les faisans, donc, sont lâchés dans les bois environnants. Car la seule raison d'être de ces bois est de servir de décor joli à la chasse et la seule raison d'être des faisans est de servir de gibier, joli aussi, les jolies couleurs du décor et celles du gibier se mettant mutuellement en valeur par le jeu de subtiles harmonies sensibles aux vrais connaisseurs. Bon.

Ces faisans, élevés dans ce poulailler dont je vous parlais tout à l'heure, connaissent l'homme et, même, l'aiment. L'homme est cet être vertical et bienveillant qui, deux fois par jour, depuis leur sortie de l'œuf, leur apporte le bon grain et l'onctueuse pâtée. Lâchés dans ces grands bois hostiles, les faisans ressentent tout d'abord un terrible sentiment d'abandon. Ils ont peur, ils ont faim, ils ne savent pas trop comment se débrouiller tout seuls. Heureusement, bientôt ils sentent la présence de l'homme, quelque part, pas très loin. L'être vertical et bienveillant est là, il va résoudre tous les problèmes, courons à lui. Ils y courent, ils y volent. L'être vertical et bienveillant est effectivement là, et aussi son chien, et aussi son fusil... Si le faisan réussit à se percher assez vite sur le canon du fusil, il est sauvé. En général, il n'y parvient pas.

Dans cette forêt de Seine-et-Marne, près de cet élevage, on voit une chose bien curieuse. On voit des faisans « libres », accourus de tous les secteurs de la forêt, se masser autour du grillage à poulailler et courir tout le long en piaulant, cherchant un trou pour y rentrer. On en voit arpentant les bas-côtés de la route et même la chaussée, quêtant un indice humain. On peut les ramasser à la main, ils ne demandent que ça. Ne vous faites pas prendre, c'est du braconnage, crime beaucoup plus sévèrement puni que le hold-up, de nos jours. Ne dites surtout pas au gendarme que vous vouliez seulement sauver un être vivant de la mort la plus con qui soit : celle de joujou pour brutes qui tuent pour faire joujou, vous vous retrouveriez interné d'office chez les dingues.

On élève des faisans, on élève des cailles, on élève des lapins, on élève même des sangliers, pour que les chasseurs aient des joujoux vivants à tuer. C'est parce qu'on manque de faisans, de cailles, de lapins et de sangliers « naturels ». Les chasseurs les ont tous tués. Il faut donc en fabriquer. Normal. Mais...

Mais il existe des gibiers potentiels qui prolifèrent et nous envahissent sans profit pour personne. Vous ne voyez pas ? Ah, ah.

Ce sont les veaux, enfants de la vache. Je vous explique.

Il y a en ce moment, vous n'êtes pas sans savoir, un conflit du veau. Le veau est boudé, et même boycotté par le gourmet, parce que sa chair est insipide, bourrée de chimies, franchement dégueulasse. Pourquoi est-elle comme ça, la chair du veau ? Parce que le veau est élevé et engraissé en batterie, c'est-à-dire vit une courte vie horrible, mais ça vous vous en foutez, restons pratiques.

Le veau est le sous-produit de l'industrie du beurre. Ça vous épate ? Moi aussi, ça m'épatait, mais on m'a expliqué, c'était dans « Que choisir ? », une revue que je vous conseille vivement de lire, d'acheter et de soutenir, ces gens font, mine de rien, beaucoup plus de bon travail pour l'écologie que tous les journaux militants spécialisés (boy-scouts et tristasses à se flinguer (1)) et beaucoup plus pour la défense des animaux que toutes les S.P.A. moralisantes, et ce tout en défendant farouchement les consommateurs, ainsi que le veut leur raison d'être. J'ai donc appris dans « Que choisir ? » que l'un des signes de la prospérité croissante des masses populaires françaises et européennes est la formidable consommation de beurre, de plus en plus formidable. Ce beurre, l'eusses-tu cru, est fait à partir du lait de la vache. Une fois ôté le beurre, reste le lait écrémé. Il faut beaucoup de lait pour faire du beurre. Il reste beaucoup de lait écrémé quand on a ôté le beurre. Des millions de tonnes de lait écrémé. Les grands trusts laitiers, ayant fait, si j'ose dire, leur beurre avec le beurre, se retrouvent avec sur les bras cet océan de lait écrémé. Ils en vendent une partie tel quel. Ils font, avec une autre partie, des yaourts, des fromages « taille-fine », du lait écrémé en poudre. Goutte d'eau dans la mer. Il leur reste quelques millions de tonnes moins quelques tonnes. Qu'en faire ? A l'égout ? Laisser perdre une occasion de profit ? Jamais !

Une solution était à trouver. Elle le fut. Il suffisait de payer des cerveaux pour faire le boulot. Alors, voilà :

On réengraisse le lait dégraissé. Pas avec de la crème, bien sûr. Avec des huiles de tourteaux, des machins grossiers qu'on ne peut pas donner aux hommes, tout au moins pas en économie de libre concurrence : ils n'achèteraient pas. En économie

(1) Sauf « Écologie-Infos » ! (J'y écris...)

de goulag, je ne dis pas... On a donc réenrichi notre lait maigre, c'est dégueulasse au goût mais ça nourrit. On complète par des fortifiants pas chers : vitamines industrielles, hormones, antibiotiques... Ça fait de l'aliment pour veaux. Des millions de milliasses de tonnes d'aliment pour veaux. Yippie !

Oui, mais, et les veaux ? Absorber cette montagne d'aliment pour veau, cela suppose une montagne de veaux... Ah. Oui, hein ?

Un coup de pied dans les cerveaux. Les cerveaux cervellent, et trouvent : il faut développer l'élevage des veaux, et donc la consommation de la viande de veau. Exécution. Développement formidable de la production industrielle du veau. Veau enlevé à la mère à peine sorti, bourré de super-aliment en élevage automatique, coincé devant son gavoir, rien à foutre que s'empiffrer, tout paysan devient éleveur, crédit pour s'équiper par banque du groupe laitier, aliments livrés à domicile, veau payé à l'abattoir, si malade vite vite le bourrer d'antibiotiques pour qu'il arrive vaguement vivant jusque sous le merlin du tueur sinon c'est une perte sèche, recettes de veau dans tous les magazines de dames, à la télé, partout... Vous connaissez la suite. Et voilà, le marasme du veau ! En attendant, le Français continue à bouffer de plus en plus gras, il fourre du beurre partout, même les Ritals abandonnent l'huile d'olive pour la graisse de lait de vache, alors le flot de lait écrémé monte, monte et va nous submerger. Que faire ?

Revenons aux faisans. Voilà ce qu'il faut faire : pareil. Elever des veaux, certes, mais pas pour la boucherie, c'est pas mangeable. Pour la chasse, par contre... Ça, oui, c'est un gibier! C'est gros. Comme un cerf. Ça gambade. Ça ne peut pas faire de mal, ça n'a pas encore de cornes! Pour le sport, on peut aussi les laisser grandir et mettre un couloir autour, suivant la formule réglementaire de la célèbre épreuve olympique dite « Tir d'une vache dans un couloir ».

Oui. J'aurais peut-être dû plutôt vous parler des Polonais, hein? Je vais vous dire. Ils m'ont bien déçu, les Polonais. Je les savais culs-bénits, mais à ce point...

Ils refusent le christianisme variété marxiste, très bien, mais c'est parce qu'ils se cramponnent au christianisme variété kitsch. Querelles de chapelles, histoires de curés. Qu'ils se démerdent entre eux.

Je parierais que quand un chasseur crève d'un coup de fusil reçu en pleine gueule par accident, sa maman pleure. L'homme m'émerveillera toujours.

Vol lourd

« Ami, entends-tu le vol lourd des corbeaux dans la plaine... ? »

Tu sais ce qu'ils te disent, les corbeaux, Dugland ?

Mais, nom de votre bon dieu, quand cesserez-vous de mêler les animaux à vos conneries, à vos massacres ?

La blanche colombe, c'est la paix (ce qui ne vous empêche pas de la fusiller en masse quand son périple annuel l'amène au-dessus de vos Aquitaines à tradition de mon cul).

Le noir corbeau, c'est la guerre (la guerre scélérate, la guerre honteuse, c'est-à-dire la guerre vue du côté des vaincus).

Je n'irai certes pas jusqu'à dire qu'il n'y a rien de plus con qu'un pigeon, mais les corbeaux, qu'est-ce que c'est beau ! Et malin ! Et sympa !

Ceux qui aiment sous condition

Il y a ceux qui disent « Moi, j'aime bien les chiens. Mais alors, les chats... »

Il y a ceux qui disent « Moi, j'ai rien contre les bêtes. Mais alors, les serpents... » (ou « les rats », ou « les araignées », ou « les crapauds », ou...)

Me font bouillir le dedans de la tête, tous ceux-là. Je crois que je détesterais moins le butor qui me cracherait, les yeux dans les yeux : « Moi, les bêtes, j'en ai rien à foutre. » La connerie agressive mais sans faux-plis de ce fils de pute te claque la porte au nez, bon, tu laisses tomber. Alors que les « J'aime, mais sous condition » me donnent envie de botter des culs.

Ils croient, ces rétrécis, se montrer compréhensifs et large ouverts à l'universelle mansuétude. Ils font les généreux, se contemplent, oh qu'ils sont donc bons ! Pensez : ils vont jusqu'à ne pas haïr les bêtes, à les tolérer, même, car, comme ils disent, en leur langage tartufesque : « Nous respectons le droit à la différence. L'altérité. » Si, si. C'est comme ça que ça cause. Ne se rendent pas compte, les superbes, que, par là même, ils trahissent leur condescendance, leur certitude et leur satisfaction d'être de la race élue, de celle qui a le droit d'aimer ou de détester, de tolérer, voire de protéger, ou d'anéantir. Qu'ils étalent leur conviction intime qu'aimer les bêtes n'est pas spontané, pas « naturel », qu'il faut faire un effort ou, mieux dit, se forcer, et que, cet effort, ils veulent bien le faire, mais à la condition que les bêtes en fassent un de leur côté, qu'elles soient aimables, jolies à regarder, douces à caresser, fidèles, reconnaissantes... Enfin, quoi, qu'elles y mettent du leur, c'est la moindre des choses.

Ils veulent bien les aimer, les bêtes, mais pourquoi ne se donnent-elles pas toutes la peine d'être belles, élégantes, nobles, racées... selon l'idée qu'ils se font de la beauté, de l'élégance, de la noblesse, de la race, ces pauvres types aveugles à tout ce qui n'est pas humain, ou ne singe pas l'humain, ou ne peut s'interpréter selon des critères humains.

Surtout, elles devront, les bêtes, pour être admises à l'humaine mansuétude, ne pas user ordinairement de ces armes fourbes que réprouvent la morale humaine, le sens humain de l'honneur. Hors de ma vue, porteurs de venin, tisseurs de filets, suceurs de sang, massacreurs par-derrière ! Ces armes-là, filets, glu, collets, sont réservées à l'homme, seul être moral. Par contre, les crocs, même démesurés, les griffes, les serres, les becs de rapace inspirent le respect dû aux armes « nobles ». L'homme admire les beaux tueurs, en érige l'image en totem sur ses blasons.

Elles devront encore, les tolérées, ne pas avoir une démarche louche, comme le hideux serpent, qui rampe « que rien que d'y penser j'en ai la chair de poule », ou comme l'araignée, si agressivement répugnante, boule hirsute d'horreur pure balancée sur de squelettiques pattes à ressort, on dirait vraiment qu'elle le fait exprès, ou comme le visqueux crapaud, qui a tellement l'air de traîner une sale maladie de peau que c'en est de la provocation...

Enfin, elles devront ne pas faire peur aux petits enfants ni aux femmes enceintes, tant pis pour la souris, pourtant mignonne, à part ça, et ne pas traîner derrière elles une lourde tradition de maléfices, tels le chat noir, le bouc, la chouette, la chauve-souris...

Et puis, et puis... L'homme veut être aimé. C'est humain, dirait Ducon. L'amour est une réciprocité, en principe, mais il faut que la bête commence. D'où le succès du chien, paquet d'amour effréné qui se cherche un objet. L'homme ne peut admettre que les bêtes vivent leur vie de bêtes et l'ignorent, lui qui a tant besoin qu'on l'aime. Le chien aime son maître, éperdûment, exclusivement, à tout jamais, même si celui-ci le bat, même s'il l'abandonne : que voilà donc une brave bête ! C'est d'ailleurs l'argument favori des « plutôt chien » contre les « plutôt chat » : « Le chien aime son maître, le chat aime ses aises. » Vous voilà scié ! D'abord, c'est même pas vrai, mais le chat étant moins fougueusement démonstratif, tant pis pour lui, l'homme veut de l'enthousiasme à la louche et du trémolo pleins décibels.

Ceux qui se figurent aimer les bêtes parce qu'ils aiment les chats, les chiens, les chevaux, les dauphins ou les chimpanzés qui sont TELLEMENT humains, ceux-là n'aiment pas les bêtes. Ils n'aiment que l'humain dans l'animal, l'humain qu'ils croient y être ou qu'ils y mettent, ils n'aiment que leur propre reflet, ils aiment comme un « bon » maître aimait ses esclaves.

Si encore ceux qui proclament « ne pas aimer » telle ou telle espèce se contentaient effectivement de NE PAS aimer, forme négative, attitude passive. Hélas, en français courant, « Je n'aime pas » signifie en fait « Je déteste ». Et donc l'affirmation « Je n'aime pas les araignées » devra se comprendre « Je déteste les araignées » et sera suivie ou précédée de l'écrabouillement de l'araignée sous une semelle horrifiée et frénétique.

Les bêtes ne demandent pas qu'on les aime. Elles demandent simplement qu'on leur fiche la paix. Qu'on leur laisse vivre leur vie de bêtes, elle est déjà bien assez difficile comme ça.

Mais c'est justement cela que l'homme ne peut supporter.

L'expiation

J'ai entendu ça, ou peut-être l'ai-je lu, je ne sais plus, mais vous aussi, sûrement, vous êtes au courant.

Enfin, voilà. Dans je ne sais quel bled pourri d'Espagne — Ou du Portugal ? Non, plutôt d'Espagne — il y a la Journée de l'Ane.

Il s'agit de commémorer je ne sais quelle scélératesse commise il y a bien longtemps, une saloperie quelconque dont ces conneries de folklores sont pleins, le meurtre d'un petit enfant, peut-être bien, ou quelque sacrilège, façon hostie profanée, va savoir, enfin, bon, quelque chose de tout à fait spécialement abominable dont tout le village porte depuis la honte ineffaçable, gningningnin, vous voyez le genre... Alors, chaque année, pieusement, ils expient, ceux du village. Ah, oui, j'oubliais : il y avait un âne dans le coup. Ne me demandez pas quel avait été son rôle exact dans la vilaine affaire, et qu'importe ? Tout ce que ça peut faire de mal, un âne, c'est que l'assassin (ou le violeur, ou le cracheur au nez du Christ, ou quoi que ce pût être) lui monte dessus et le fasse galoper à coups de bâton. N'empêche, il y avait un âne. Alors, symboliquement, chaque année, ils tuent un âne. L'homme aime les symboles. Ils tuent un âne. Les enculés. Et vous savez comment ? Oui, vous le savez, et même mieux que moi, vous avez de la mémoire, vous, il faut bien que vous ayez quelque chose, vous ne vous contentez pas des grandes lignes et de l'indignation, vous pouvez réciter tous les détails, même les plus petits, avec les mots exacts du mec dans le poste, si vous vous trompez d'un mot votre fille vous reprend, celle qui a un appareil en fil de fer pour redresser les dents et devenir miss France. Hé oui, ils le tuent A COUPS DE BÂTON. Tout le village. Ils lui courent au cul, et hardi petit, les mômes pires que leurs vieux, c'est la fête, attention de pas prendre un coup de sabot, Josélito, c'est qu'elle te ferait du mal, la charogne ! Jusqu'à ce qu'il tombe, l'âne, et, une fois à terre, jusqu'à ce qu'il crève, mais avant il faut que les yeux lui giclent des trous, que les dents lui pètent dans la gueule, qu'il la sente bien passer, bien bien. Dame, il expie pour tout le monde. Pas question de lésiner. C'est sérieux, l'expiation.

Il paraît que déjà les Juifs faisaient ça, autrefois, mais avec un bouc. La connerie est éternelle, la saloperie aussi. Et moi, chaque fois que j'y pense, à l'âne, chaque fois, et c'est souvent, le grand tremblement me prend, la rage assassine, et aussi la peur. Je suis dans la fosse aux fous sanglants, c'est cette putain de planète, je suis tombé dedans, ils ont des bâtons, ils ont des couteaux, ils aiment cogner, trouer, percer, arracher, ils aiment le sang et la mort, ils trouvent toujours de bons prétextes... Il n'y a pas de lois, en Espagne ? Oui, bien sûr, il y en a, mais il faut faire la part des choses : la tradition, la coutume, la foi naïve de ces gens simples... Mon cul ! Des fous sadiques, oui.

Et peut-être bien que ça fait venir les touristes,

dis donc ? Sûrement, même. En masse, tu peux parier. Les bistrots, les hôtels, les marchands de cacahouètes se frottent les mains. Le folklore, le touriste adore. Surtout quand c'est un peu répugnant, qu'il faut faire un effort pour se mettre à la portée de l'âme indigène, n'est-ce pas.

Dernière minute. On me dit que, à la suite des protestations de Brigitte Bardot, de Jean-Pierre Hutin et de quelques autres, on a obtenu que ce ne soit plus le plus vieil âne du village que les paysans épris d'expiation sacrifient, mais un étalon jeune et plein de feu, et aussi qu'on s'arrête de cogner juste avant qu'il n'en meure. Ensuite, un vétérinaire le soigne.

C'est toujours ça de pris. La vertu expiatoire n'est peut-être plus aussi efficace, mais la rentabilité ne peut qu'y gagner, la bonne conscience du touriste timoré (il y en a !) étant rassérénée par ce « sans mise à mort ».

Et puis, c'est une solution économique : le même âne peut resservir tous les ans.

A la loyale

Le taureau a sa chance, qu'ils disent. C'est un combat loyal. Le matador a son épée, le taureau a ses cornes. Face à face. La minute de vérité. Et que le meilleur gagne.

D'accord. Puisqu'ils sont épris de loyauté, soucieux d'équité, prenons-les au mot. Rendons le combat vraiment égal.

Quand le taureau arrive devant le fringant matador, il a sur les épaules une demi-douzaine de banderilles qui lui déchirent la viande, le taureau. Les picadors lui ont soigneusement travaillé la pétulance à grands coups de leurs piques enfoncées juste là où ça vous démolit le moral bien comme il faut. Alors, voilà : qu'on en fasse autant au matador, puisqu'on parle d'équité. Le spectacle d'ailleurs y gagnerait en beauté, en grandeur. Les voyez-vous, tous les deux, face à face, l'un et l'autre également hérissés de banderilles aux gais rubans, ruisselants de la tête aux pieds de ce beau sang vermeil si magnifique sous le grand soleil ? L'homme aussi épuisé que la bête, ayant perdu proportionnellement autant de sang, grimaçant de douleur, flageolant sur ses jambes aux beaux mollets, ayant peine à présenter l'épée au bout de son bras tremblant ? Exactement dans le même état que son adversaire, quoi. Ça, oui, ce serait du duel à la loyale !

Et si c'est le taureau qui gagne, on le porte en triomphe et on lui fait solennellement cadeau de la queue du vaincu et des deux... des deux quoi, au fait ?

Frères en souffrance

Toute souffrance est haïssable. D'homme, d'animal, de tout être vivant bâti pour ressentir la souffrance et la peur. Distinguer entre la souffrance des uns et celle des autres procède d'un aveuglement délibéré au fond duquel se tapit la trouille. On sacralise l'homme, et l'homme seul, parce que l'homme, c'est toi, c'est moi — moi surtout ! — et que si l'homme n'est plus sacré pour l'homme, nous sommes, chacun de nous, toi, moi — moi surtout ! —, en grand danger.

L'homme est sacré pour l'homme. Il fut conçu à l'image même de son Dieu, la Terre lui appartient avec tout ce qu'il y a dessus, minéral ou vivant. Il a le droit d'en faire ce qu'il veut. Il a le devoir d'en user pour le bien des autres hommes, ses frères. En particulier s'il s'agit de « sauver des vies humaines », noble justification des pires saloperies.

L'homme est mon frère, certes. Le chien l'est aussi. Et le singe, et l'ours, et l'éléphant. Et l'araignée. Oui, l'araignée aussi. Est mon frère quiconque peut, comme moi, souffrir, avoir peur, aimer, mourir. Je souffre avec tout ce qui souffre, avec l'enfant noir au ventre vide, avec la fiancée de Beyrouth aux jambes arrachées, avec le singe cloué sur une planche dont on déroule les intestins, « pour voir ». Leurs yeux hurlent la même horreur, la même folie : la souffrance.

« Au nom de la Science. » Majuscule. Menteurs ! Ce que vous appelez « science » n'est nullement la curiosité sacrée, la recherche désintéressée de la vérité, la quête de la connaissance sans rien d'autre au bout que la joie de connaître. Ce que vous appelez « science », ce sont les petites retombées payantes de cette quête, et si vous tolérez les savants, si vous les honorez, c'est à condition qu'ils vous pondent dans la main des gadgets qui, comme dit Ducon, « soulagent la peine des hommes »... Et le réduisent au chômage, mais ça, Ducon ne le dit pas, ou pas à ce moment-là.

En ce moment même, on torture à tour de bras, en des milliers de lieux clos de par le monde. On torture pour mettre au point des cosmétiques, pour tester des médicaments, ou à titre de démonstration pédagogique... Rarement pour la recherche fondamentale.

Il faut que cesse l'orgie sanglante. La peau humaine est-elle donc si précieuse que, pour qu'une mémère puisse se maquiller sans risquer d'attraper des boutons, on doive sacrifier des milliers de lapins à chaque fournée de fard ? Ne devrait-on pas, en priorité, pousser l'élaboration de méthodes de substitution destinées à la recherche ?

Pour cela, il faudrait avant tout que l'on considère l'animal non plus comme un objet, mais comme un être vivant à part entière. J'ai failli écrire « comme un être humain » ! Blasphème...

Les cigognes sont de retour...

J'ai lu quelque part qu'après de nombreuses années d'essais malheureux on a enfin trouvé le moyen de repeupler l'Alsace en cigognes. Car les cigognes, savez-vous, fuient l'Alsace. Complètement irresponsables ! L'Alsace sans cigognes, pouvez-vous imaginer ça ? L'Alsace, c'est des usines, des supermarchés, des autoroutes, des HLM, des centrales atomiques et des rues piétonnes, avec des fleurs dans des bacs, pour le petit commerce, comme partout, oui, mais, par là-dessus, des cigognes. Tant qu'il y a des cigognes, l'Alsace est l'Alsace, le reste n'est qu'épiphénomène. Or, justement, plus de cigognes. Donc, plus d'Alsace. Halte là !

On s'est donné du mal. On n'a pas regardé à la dépense. On a importé des œufs de cigogne d'Afrique, on les a mis à couver en Alsace, on a installé les cigogneaux dans les fameux nids sur les cheminées, on les a dorlotés, mignotés... Va te faire foutre ! Le moment venu, ces ingrats prenaient leur envol vers l'Afrique et n'en revenaient plus, ou bien allaient passer l'été chez les communistes. On ne s'est pas découragé. On a cherché. On a fini par trouver. On enferme les cigogneaux à peine sortis de l'œuf dans des volières. On les y garde trois ans, c'est, paraît-il, le temps qu'il faut pour qu'ils perdent à tout jamais cette saloperie d'instinct migrateur. Et puis on les installe par couples dans les jolis nids si tellement folkloriques en priant le Bon Dieu qu'ils s'y tiennent au moins le temps d'une saison touristique, il y a un marchand de pellicules photo juste au pied du nid.

Le magazine — ce devait être « Science et Vie », peut-être bien — annonçait ça d'un ton plutôt content de soi, comme une grande victoire écologique remportée par la Tradition et l'Amour des Bêtes Décoratives sur la Déshumanisation et le Nivellement. Le ton sarcastique, c'est mon apport personnel.

Nulle part on ne nous dit pourquoi les cigognes fuient l'Alsace. Je vais donc vous le dire. Elles fuient l'Alsace, les cigognes, parce qu'il n'y a plus rien à manger là-bas pour des cigognes. Que mangent les cigognes ? Des grenouilles, des salamandres, des lézards, des rats, des petits oiseaux. Or, on a asséché les marais, lieux honteusement improductifs, supprimant du même coup grenouilles et salamandres. On a dératisé jusqu'à l'os. On a désinsectisé tous azimuts, comme partout, supprimant du même coup la nourriture des petits oiseaux, et donc les petits oiseaux eux-mêmes. Que voulez-vous qu'une cigogne aille foutre dans ce pays propre comme une tôle ondulée ? Fouiller dans les poubelles ? Mendier aux terrasses des restaurants ? La cigogne est bien trop fière pour ça.

Mais ces cigognes devenues sédentaires, ces grosses vaches de cigognes à l'engrais, que mangent-elles donc ? Oh, je suppose que le Syndicat d'Initiative du coin, ou la municipalité, ou l'Union des Marchands de Cartes Postales et de Pellicules

Photo, ou monsieur Kronenbourg ou tous ceux-là ensemble, ouvre ou ouvrent une boîte de Canigou chaque matin et grimpe (ou grimpent) la placer à hauteur de cigogne. Le Canigou, c'est rien que du bon : du kangourou, de la baleine, du requin, du poisson-chat, des bas-morceaux de boucherie... On ne peut pas tout protéger. Il faut choisir. Nous, c'est les cigognes. Que les protecteurs des kangourous, des baleines, des poissons-chats et des bas-morceaux se démerdent, et que le meilleur gagne. Si les baleines faisaient leur nid sur les cheminées, elles porteraient bonheur et seraient l'honneur et le symbole rémunérateur d'une sympathique province française.

Peut-être monsieur Canigou ira-t-il jusqu'à fabriquer un Canigou spécial cigognes, parfumé à la grenouille ?

Vous le voyez, tout n'est pas noir en l'homme. Simplement, l'homme est un tout petit peu contradictoire dans sa tête. Il veut le rendement maximum, et il veut la cigogne. Or, l'un exclut l'autre. Il faut choisir. Cela s'appelle un dilemme. Un dilemme est une chose inconfortable. L'homme le tranche toujours en faveur du rendement. Avec un gros soupir pour la cigogne, mais vous savez ce que c'est, le chagrin, on s'en fait tout un monde avant, et puis on s'y fait très bien.

Dans le cas qui nous occupe, la cigogne se trouve être AUSSI une source de rendement : ce bon vieux folklore sentimental qui fait faire un détour au touriste-tirelire. C'est pourquoi l'industrie de la cigogne-spectacle est tout aussi respectable que n'importe quelle activité cotée en Bourse.

Tiens, un détail, ça me revient : la nourriture la plus convenable pour un cigogneau en pleine croissance est le poussin vivant. Le poussin de poule, bien entendu. La poule n'est pas un animal folklorique, tant pis pour sa gueule.

Concluons sur le mode noble et prophétique si prisé des connaisseurs :

L'homme est dépassé par sa propre création. Il n'est plus le maître de cet environnement technologique né de sa main et qui, le vilain, court tout seul, court plus vite que lui. Heureusement, l'homme ne pense pas sans cesse à ces choses tristes et plutôt décourageantes.

Foie gras

Savez-vous ce que c'est que le gavage des oies ? Bien sûr, vous le savez. Y pensez-vous quand vous mangez du foie gras ? Oh, non, par exemple ! Quelle horreur ! Pourquoi se gâcher le plaisir avec de pareilles abominations ? Il faudrait être maso !

Donc vous savez. Et, sachant, vous mangez. Mangez ? Oh, le rustre ! Nous savourons, voulez-vous dire. Nous dégustons, lentement, lentement. Nous faisons fondre sur la langue. Nous fermons les yeux, nous nous concentrons, nous nous recueillons, nous communions, nous palpitons de la narine — Saviez-vous que le goût, c'est surtout de l'odorat ? Si, si, je vous assure. J'ai lu ça quelque part. La science est formelle. Curieux, non ? — nous salivons, nous sommes toutes papilles, nous nous préparons à goûter au plaisir des dieux, et c'est en fait encore plus divinement meilleur. Le foie gras... Mais c'est un poème, Monsieur, un hymne au Créateur ! Une échappée sur le paradis. C'est bien simple, Monsieur, le foie gras, c'est la France. Ailleurs, ils n'y arrivent pas. Deux mille ans de tradition pour acquérir le tour de main.

Oui, mais, pour les oies, vous savez ? Eh bien, oui, nous savons. Nous savons, là. Et alors ? Les oies n'ont-elles pas été créées tout exprès pour cela ? Ne furent-elles pas dotées d'un foie dont les merveilleuses possibilités ne s'épanouissent que par le gavage ? Je ne me rappelle plus le nom de la femme de génie qui en eut la première la révélation, mais laissez-moi vous dire que c'était une artiste, Monsieur, une grande, une très grande artiste, et une bienfaitrice de l'humanité, en plus. Il y a deux grandes Françaises : Jeanne d'Arc et elle. Elle d'abord, dirais-je, car le foie gras fait rentrer des devises, alors que la guerre de Cent Ans, hein...

Donc, vous savez. Et ça ne vous gêne pas. Ou, si ça risque de vous gêner, vous pensez bien vite à autre chose. Au bouquet du vin qui se mariera le plus harmonieusement à cette merveille, par exemple. Vous avez bien de la chance, en vérité. Bien de la chance d'être un salaud. Un innocent salaud de brave type normal. Ils le sont tous, innocents. D'innocents petits gourmands. Pardon, « gourmets ». Pour un raffinement gastronomique, pour un plaisir un rien plus subtil sur le bout de la langue, ils vouent la vie d'un être vivant à une abominable torture. Ce ne sont pas des sadiques, ce ne sont pas des violeurs de petits enfants, ils ne feraient certainement pas de mal à une mouche (la mouche n'offre aucun intérêt gastronomique), mais une saveur sublime justifie l'atrocité, qu'ils ne commettent d'ailleurs pas eux-mêmes, ni ne voient commettre.

Quoique... Le gavage des oies, spécialité bien de chez nous dont la France est aussi fière que de son champagne, nous est complaisamment montré, à la télé et sur les bêtasses cartes postales « régionalistes » où des déguisées en paysannes du bon vieux temps, avec coiffe de dentelle empesée, sabots décorés et toute la panoplie à la con, serrent une oie entre leurs puissantes cuisses de jument et lui entonnent de force jusqu'au fond du gosier, au moyen d'un gavoir, espèce d'entonnoir en bois muni d'une manivelle, la bouillie hyper-nourrissante que la bête terrifiée ne peut qu'avaler, et avaler, et avaler, insultée par l'implacable mégère si elle n'avale pas d'assez bon cœur... Je n'irai jamais dans un de ces hauts lieux de la fine gueule, je risquerais de perdre le contrôle et de balancer une paire de baffes à la bourrelle, ce qui serait mal vu... Encore que, je suppose, l'opération ne doive certainement plus guère se pratiquer dans la cuisine familiale, entre les cuisses d'acier d'une lourdasse au cul carré, mais bien plutôt dans d'étincelantes usines, au moyen de harnais, de caisses ou de je ne sais quelles ferrailles rationnelles étudiées en vue du gavage en série par immobilisation optimale et tassement accéléré des bourratives calories dans le gosier par piston électroniquement programmé...

Une vie entière, imaginez-vous cela, une vie entière, une courte vie, heureusement — mais l'oie n'a que celle-là — consacrée dans chacun de ses instants à se fignoler méthodiquement une cirrhose monstrueuse, à transformer un être vivant en une machine à faire du foie, du foie malade, du foie noyé de graisse malsaine, du foie d'alcoolo, pour tout dire (car on y fout aussi de l'armagnac, dans la pâtée infernale, le fin goumet sait apprécier)... Merde, ceci justifie-t-il cela ?

Pendant qu'on y est : vous savez qu'on coupe les grenouilles en deux VIVANTES ? Avec des ciseaux ? Oui, vous le savez. Et vous mangez des cuisses de grenouilles ?

O, fins gourmets ! O, bons vivants ! Je sais ce qui se cache sous vos joues vermeilles, trop vermeilles, sous votre nuque en pneu de camion. Et ça me fait peur.

P.-S. Ah, oui, pour les oies, j'oubliais : on leur clouait les pattes sur une planche. Et j'allais vous priver de ça !

Le goût du sang

— Supprimer la corrida ? Mais alors, dit le Sentencieux de service, rendez-vous compte, il n'y aurait plus de taureaux de combat, c'est-à-dire plus de taureaux du tout — à part, bien sûr, les rares étalons inséminateurs qu'on conserve pour fournir le sperme qui sera injecté par seringuées avares aux braves vaches laitières, car il faut qu'une vache ait un veau chaque année, et qu'on le lui confisque, pour que son pis sécrète le bon lolo de nos chers petits —. On ne les élève que pour ça, les taureaux, pour le combat. Plus de combat, plus de taureaux. Disparition du taureau, noble et bel animal. C'est cela que vous désirez ?

— Ah, c'est une question ? Bon, je réponds. Vous venez de le dire, vous n'élevez les taureaux que pour le combat. C'est-à-dire pour les assassiner. « Combat », mon cul. Assassinat à grand spectacle, oui, avec tortures préliminaires. Assassinat crapuleux pour chatouiller la glande aux sadiques du dimanche... Eh bien, oui, je préfère que les taureaux n'existent plus plutôt que de les savoir n'existant que pour ça : pour mourir ignominieusement, en pleine beauté, dans le magnifique épanouissement de leurs jeunes muscles, pour procurer à un ramassis de gros cons des frémissements sans danger, pour drainer le fric desdits gros cons dans la poche d'organisateurs rapaces, pour fournir de la prose héroïque à de miteux journalistes « sportifs » chauffant l' « aficionado » à pleines pelletées de ce vocabulaire technique à la con plus ou moins espagnol dont se gobergent les gogos. Je ne suis pas rongé par l'angoisse de la disparition des espèces. Bien sûr, je déplore. Je préférerais qu'hommes et taureaux puissent vivre gentiment leur vie sur cette verte planète où il y a de la place pour tout le monde. Mais il paraît que c'est impossible. L'homme ne tolère l'animal que s'il lui sert, de nourriture, d'esclave ou de joujou. De joujou sanglant, ici. Ce qui me ravage et me rend la vie invivable, c'est la souffrance, la souffrance de tout être capable de la ressentir. Qu'on inflige la souffrance, l'angoisse et la mort pour faire joujou, pour passer le temps, pour s'exciter le goût du sang, voilà ce qui me met en rage et me réveille en sursaut la nuit. Oh, les pétarades d'ouverture de la chasse ! La campagne tout entière devenue abattoir, les tueurs bien élevés déguisés en farouches guerriers...

L'homme aime tuer. Tuer pour tuer. L'homme aime le massacre... Alors, pourquoi pas moi ? Qu'est-ce que je fous sur cette planète d'assassins ? Oh, bon dieu, partout le sang, le plaisir du sang, la volupté d'écraser, de dominer, d'anéantir la beauté qu'on ne peut avoir, d'abattre l'oiseau en plein vol... Maman, tu m'as jeté dans une fosse pleine de monstres, leurs gueules, leurs mains dégoulinent de sang, ils proclament « J'aime ! » et ils égorgent, ils s'extasient « Que c'est beau ! » et ils tuent. Ils tuent, ils tuent... Tu m'as jeté parmi eux, maman, alors pourquoi m'as-tu fait différent d'eux ?

— Allons, allons, dit le Sentencieux, le taureau est par nature un animal combatif, il aime se battre, il est né pour ça. On ne fait que lui fournir l'occasion de donner libre cours à ses instincts, et de le faire glorieusement. Les taureaux se battent entre eux, savez-vous ?

— Les taureaux se battent entre eux, mâle contre mâle, à coups de cornes, à la saison du rut. Les cerfs aussi, les chevaux aussi, les scarabées aussi. Jamais à mort. Le vaincu s'incline et se soumet. Quant à la gloire de l'arène, je veux croire que vous rigolez. Moi, je n'ai pas envie de rire. Salut.

La chasse aux Bambis

Il m'est arrivé, figurez-vous, d'être un petit enfant. Oh, il y a longtemps, bien longtemps, n'empêche que je m'en souviens comme si c'était ce matin. Je m'en souviens même mieux que de ce que j'ai fait ce matin. Et alors, bon, comme tous les petits enfants du monde, j'écoutais les histoires gentilles que me racontait ma maman ou la maîtresse de l'école maternelle, je chantais les chansons, je regardais les livres d'images. Ces histoires, ces chansons, ces images étaient grouillantes de charmants petits lapins, de bons gros nounours, de tits zoizeaux tout plein mignons, de tits moutons tout frisés, de biquettes espiègles, de faons aux longs cils vacillant sur leurs longues pattes grêles, de souris friponnes, de poussins, de canards, de papillons... Tout cela adorable. Je les adorais. Je les adore toujours. J'ai l'adoration tenace.

Et donc les petits enfants, tous les petits enfants, du moins dans ces pays que nous nous plaisons à qualifier de « civilisés », vivent dans ce même univers de rêve, dans ce paradis terrestre peuplé d'animaux charmants, aimables, amicaux. Joujoux, images, chansons, histoires, dessins animés, séries télévisées, tout ce qui s'adresse aux chers petits êtres s'évertue à leur faire aimer les gentilles bébêtes, ce qui n'est d'ailleurs pas une tâche trop ingrate, les enfants étant spontanément attirés par ces douces pelotes de fourrure ou de duvet aux yeux sans fourberie. Les industriels qui « font » dans l'enfantin savent bien cela et l'exploitent à fond. Qui n'a pas chéri un gros nounours en peluche plus même que sa maman ? Qui ne s'est pas senti éléphant parmi les heureux éléphants du royaume de Babar ? Qui n'a pas été charmé par Bambi, par Mickey la souris et son petit monde stylisé ? Qui n'a pas jeté de son pain aux canards, écrasé son nez contre la vitre d'un aquarium ?

Bien. Alors, maintenant, dites-moi. Expliquez-moi. Expliquez-moi comment, par quel subit et violent retournement, le petit enfant devient chasseur, amateur de corridas ou de combats de coqs. Dites-moi à quel moment précis s'accomplit la métamorphose. A quel moment le cher gros vieux nounours, l'adorable bambi, l'espiègle Jeannot Lapin, devient-il gibier, cible, « pièce » ensanglantée pour photographie de groupe devant le tableau de chasse artistement arrangé sur la pelouse ? A quel moment Mickey et Jerry deviennent-ils ces monstres horribles dont l'apparition furtive terrorise les dames et les fait bondir, hurlantes, sur les tables ? A quel moment la petite fille devient-elle rombière imbécile, le petit garçon gros con de chasseur ? Expliquez-moi.

Ce ne furent pourtant pas tous de précoces arracheurs d'ailes de mouches, des creveurs d'yeux de moineaux, des sadiques en herbe, acharnés à mal faire dès le berceau !

Il m'est difficile de concevoir une telle volte-face, à moi qui ne l'ai pas subie. J'en suis réduit aux suppositions. D'ailleurs, tout semble donner à penser qu'il n'y a pas vraiment volte-face. Mur, plutôt. Mur de béton. Dans leurs crânes épais, du front à l'occiput, partageant strictement l'espace, sans une fissure. Y coexistent, de part et d'autre de ce mur de Berlin, sans jamais se rencontrer ni poser problème, le gentil lapin des dessins animés et le lapin-cible créé tout exprès pour qu'on s'amuse à tirer dessus à coups de fusil le dimanche. Leur petit garçon joue avec son gros nounours tendrement chéri sur la somptueuse peau de l'ours qu'ils ont tué l'an dernier au Canada (Paris-Paris trois mille dollars, tout compris). Le nounours est d'un côté du mur, le grizzli de l'autre côté, le mauvais.

Ça ne les gêne pas. Ils vivent très bien comme ça, dans le contradictoire. Ils rotent et pètent et se curent les dents, vont à la messe de minuit et balbutient des mots d'amour en lâchant leur purée. Ils peuvent être très tendres, très romantiques, vous savez. Même prier la Sainte Vierge avec ferveur. Moi, j'appellerais ça schizophrénie, si je ne craignais pas que les psychiatres et néanmoins chasseurs ne me fassent un procès pour exercice illégal de la médecine.

Ils ne sont d'ailleurs pas sans argument, si l'on essaie de leur faire prendre conscience de la chose. Ils vous expliquent que c'est justement par amour qu'ils tuent. Tuer, n'est-ce pas, est l'acte suprême, la plus belle preuve d'amour, l'amour et la mort se donnent la main, l'eusses-tu cru, et gningningnin et gningningnin... Ils t'accumulent ces miteux paradoxes stéréotypés comme s'ils y croyaient, et peut-être y croient-ils, ils sont si cons, leur petite cervelle est si vite satisfaite, pourvu que le paradoxe aille dans le sens de leurs pulsions.

Oui, mais, moi, ces types à mur de béton, ils me foutent la trouille. Il leur est si facile de faire passer un être humain, en principe sacré, du mauvais côté du mur, par exemple en le baptisant « scélérat », ou simplement « ennemi »...

Le sens du cadeau

« Un chien bien élevé ne vient pas mendigoter lorsqu'on est à table. » Bien élevé, c'est-à-dire « bien dressé ». Le dressage consiste à habituer l'animal à faire violence à ses pulsions spontanées pour se conformer à la conduite qu'il nous plaît de lui voir adopter. Quémander de la nourriture à table est mal élevé. Cela importune les invités, et puis cela pourrait donner à penser qu'il est mal nourri, honte !

Or un chien, un chat, même grassement nourris, quémandent. Surtout quand la famille est à table, puisque c'est le seul moment où de la nourriture est présente. Ils n'ont nullement faim, ils ne « mendient » pas. Ils attendent, ils réclament ce qu'ils estiment leur être dû de par les lois de l'amitié et de l'amour : le cadeau.

La notion de cadeau est très forte chez eux. Elle est même un des plus puissants ressorts du dressage, utilisée sous forme de « récompense ». Le cadeau, c'est un lien entre nous et eux, une marque tangible d'amitié, d'amour. Tout à fait comme entre humains, hé oui. Il ne demande pas un partage équitable, le chien. Une miette le comble. Et puis, bien sûr, une autre après celle-là ! Le cadeau, c'est comme la caresse : il faut le renouveler, on ne s'en lasse pas. Va donc résister quand le chien, d'une patte impérieuse, t'effleure la cuisse, un seul coup, mais combien éloquent, et puis te regarde comme ils regardent, attendant son dû !

Bien sûr, on peut toujours dresser un chien à ne pas quémander, on peut toujours tout obtenir d'un chien. Et après ? On aura réfréné un élan tout naturel et bien innocent, on aura amputé cet ami d'une source de plaisir, on lui aura fait rentrer dans la gorge un désir d'amour, on sera fier d'être si bien obéi.

Belle victoire.

Le cochon hilare

La publicité s'adresse aux imbéciles. Et aux brutes. Toujours. Elle ne fait pas le détail. Elle ne peut pas. Elle doit obtenir l'effet maximum sur le plus grand nombre. Les délicats feront la grimace, mais ils suivront, vaille que vaille : c'est ça ou rien. La publicité est le plus puissant des agents de nivellement par le bas ou, pour parler plus cru, d'abrutissement du populo.

Le mauvais goût ne lui fait pas peur. Le mot est faible quand il s'agit des réclames des fabricants de cochonnailles, conserves de viande, condiments, enfin de tout ce qui touche à la bouffe. On y voit des cochons hilares, des bœufs heureux, des agneaux bouclés proclamant bien haut leur joie d'être dévorés sous le label de telle ou telle marque, ou assaisonnés avec telles ou telles épices.

« Que Maille qui m'aille ! » proclame le bœuf, riant à gorge déployée. Il n'a pas plus la trouille du calembour merdeux (la forme la plus méprisable de ce qu'on ose appeler « l'esprit ») que des mâchoires des dévorants, le brave bœuf ! Il est fou de joie à l'idée que ses morceaux de choix seront assaisonnés par cette moutarde haut-de-gamme ! Et le « logo » de Fleury-Michon, ce cochon rose qui cligne de l'œil au gourmand, comme une pute racolant sur le trottoir ! Encore ne fait-elle que prêter son cul pour un petit moment, la pute. Il n'est pas question de la débiter en saucisses.

Mais, pauvres tristes brutes, vous ne vous rendez donc pas compte que, lorsqu'on a faim et qu'on pense « saucisson », on veut oublier que le saucisson ne pousse pas sur les arbres, on veut surtout oublier le gentil cochon qu'il faut hélas égorger pour avoir le saucisson ? Vous, au contraire, vous nous interdisez d'ignorer le meurtre, vous l'exaltez, vous le rendez allègre et mutin ! Enfin, quoi, rappeler obstinément à vos éventuels clients que la viande que vous leur vantez n'est que de la bête vivante assassinée, ça devrait les rebuter, leur faire horreur, non ?

Vous ricanez, condescendant. Je suis vraiment innocent, hein ? Vous, vous savez bien que c'est juste le contraire. Vous savez bien que l'évocation de la bête joyeuse et sans souci éveille chez le brave bougre tout-venant des impressions de bonne santé, de fraîcheur, donc de viande de qualité, et c'est tout ce qui importe. Le cochon rit, rien que ça vous met en joie et en appétit. Peut-être même le rappel que ce qu'on a dans l'assiette, nappé de sauce, fut une bête insouciante qui vivait sa petite vie sans se douter qu'elle n'était que ça : un futur morceau dans votre assiette, puis une future flaque dans vos chiottes, peut-être cette idée contribue-t-elle à votre plaisir, cannibale ! Vous ne subissez nullement à contrecœur l'obligation maudite de tuer pour manger, de torturer pour chatouiller vos petites papilles gourmandes : votre plaisir en est décuplé, c'est un supplément au programme !

J'ai vu, tout à l'heure aux infos, des « chefs » réputés distribuer des tartines de foie gras aux petits enfants d'une école « pour les initier aux bonnes choses et à la gastronomie, cet art bien français ». Les mômes disaient « C'est bon », le présentateur était tout attendri, l'institutrice, flattée de l'honneur, souriait à la caméra... Hé, toi, l'instite, leur as-tu expliqué, à tes merdeux, comment on l'obtient, le foie gras ? Ce que c'est que le gavage des oies ? L'épouvantable supplice qui aboutit à cette rondelle de graisse parfumée ? L'as-tu fait ? Bien sûr que non. Tu es une bonne petite fonctionnaire docile, tu éduques les enfants dans le respect des bonnes choses et de la Tradition... T'es-tu seulement jamais posé la question ?

Quelle question ? Il y a une question ?

La tête et les jambes

Encore un scandale de sport. Oh, modeste, celui-là. Pas de milliards en jeu, ni de fausses factures. Rien que des bêtes torturées. Le sport, comme la politique, engendre désormais les scandales. Sans doute parce que, l'un comme l'autre, ils exaltent les passions crapuleuses : vaincre, vaincre à tout prix, écraser l'adversaire, c'est-à-dire, virtuellement, le tuer, et puis, bien sûr, là comme ailleurs, directement ou par la bande, appât du fric. Cette fois, il ne s'agit pas d'hommes surpris à se doper, mais bien de chevaux qu'on a torturés.

Il est des sports qui nécessitent la coopération de l'homme et de la bête — ne parlons pas de l'ignoble corrida —, coopération où la bête assure la partie musculaire du travail, l'homme étant, cela va de soi, la tête de l'association.

Un concours hippique comprend, entre autres épreuves, des sauts de haies. Les haies sont des barrières formées de barres transversales arrangées pour s'écrouler au moindre choc. Si le cheval, en sautant, laisse traîner un peu les pieds, il fait tomber la barre, c'est une faute. Des cavaliers astucieux ont trouvé la parade : il suffit d'habituer le cheval à replier ses pieds bien à fond sous lui quand il saute.

Tout dressage consiste à créer des réflexes conditionnés. Si vous donnez un bon coup de trique sur le devant de la jambe du cheval au moment précis où il s'enlève au-dessus de l'obstacle, vous lui faites, hé oui, très mal. Il replie vivement les jambes sous lui plus qu'il n'est nécessaire, ce qui, du point de vue de l'efficacité du saut, est le but recherché. Si l'on répète l'opération coup-de-trique suffisamment longtemps, le docile système nerveux central du cheval associe indissolublement la notion « barrière » et la notion « coup de trique ». La seule vue d'une barrière lui fait replier les jambes avec cet excès qui assure les impeccables sauts de barrière dont sont friands les connaisseurs.

Bien. Mais il arrive que le cheval n'ait plus le temps de déployer suffisamment les jambes pour se recevoir après le saut, et qu'il s'écroule lamentablement sur les genoux. Ces épisodes fâcheux se sont même produits assez souvent pour éveiller les soupçons et déclencher une enquête qui révéla la chose...

Et ces bourreaux posent à « l'homme de cheval » ! Au centaure qui ne fait qu'un avec sa bête, la chérit, l'estime, la traite en égal, etc. Vous connaissez le folklore... Dire que j'ai marché ! Je me disais « Enfin une activité homme-animal où l'homme ne tue pas, ne tourmente pas, s'amuse avec des bêtes qui, semble-t-il, s'amusent autant que lui. » Encore une illusion qui s'en va.

Mais, s'écrieront les « vrais » hommes de cheval, on ne juge pas toute une catégorie à travers quelques brebis galeuses !

La vieille argutie des brebis galeuses...

L'homme pourrit tout ce qu'il touche, un point, c'est tout. Et puis, laissez donc les brebis tranquilles ! Vous savez ce qu'elles vous disent, les brebis, galeuses ou pas ?

Mowgli le fayot

A douze ans, j'étais fou de Kipling. On a bien le droit d'avoir douze ans, une fois dans sa vie. Farfouillant dans les rayons de la bibliothèque municipale de Nogent, j'étais tombé sur « Le Livre de la Jungle ». Le titre m'avait séduit, je choisissais mes lectures au flair, tant pis pour l'auteur génial pas foutu de se trouver un titre. Le contenu m'avait enthousiasmé. J'étais Mowgli, le petit d'homme élevé par les loups, j'étais le chéri de la jungle, Bagheera, la terrible panthère noire, était mon amie, Baloo, l'ours sagace, me donnait une tape de sa grosse patte quand je n'étais pas attentif à ses leçons, Kaa, le python géant, me protégeait, en cas de danger je lançais mon cri spécial et aussitôt ils accouraient, les formidables, les invincibles. Je savais dire les mots sacrés « Nous sommes du même sang, toi et moi » dans tous les parlers de la jungle... Il faut avoir lu Kipling à douze ans !

On ne peut pas avoir toujours douze ans. Moi, en tout cas. Et quand on n'a plus douze ans, si l'on relit Kipling, on a un peu honte d'avoir marché. On voit les ficelles, les poncifs, l'épaisse morale de boy-scout bien convenable, le militarisme, le chauvinisme... Le talent est certes toujours là, éblouissant, mais il ne peut plus suffire à vous faire avaler les plus grossières, les plus éculées des idées reçues : le tigre est fourbe et cruel, le chacal lâche et cauteleux, la panthère noble et loyale, le loup généreux et fidèle au clan, l'ours puissant mais n'usant de sa force que pour le bien, le serpent furtif et sans pitié, la mangouste courageuse jusqu'à la mort, le singe vantard, bavard, sale et versatile...

Rien de bien nouveau. Les animaux ne sont ici, comme toujours, que les incarnations de types humains, souhaités ou honnis. Ils n'existent que pour nous montrer combien il est beau d'être brave et loyal, combien il est méprisable d'être lâche et fourbe... Et quand, plus tard, je sus que, dans l'esprit ultra-britannique de Kipling, Shere Khan, le tigre exécrable, symbolisait l'Allemand, que les Bandar-Logs, les singes malpropres et jacassants, représentaient les Français, que Tabaki, le chacal puant, évoquait le Juif éternel, je rangeai le papa Kipling, malgré tout le plaisir que je lui devais, parmi les vieux cons qui, doués d'intelligence et de talent, prostituent ces dons précieux pour flatter dans le sens du poil tout à la fois le pouvoir et le populo, ce que les biographies bien léchées appellent « forger un idéal ».

On ne peut pas avoir toujours douze ans.

Le carnassier sentimental

Dans les années tout de suite après soixante-huit, des tas de barbus ont tout lâché pour se tailler élever des chèvres dans des Larzac pelés. Il sont presque tous revenus en rasant les murs, la queue entre les jambes et laissant l'herbe grise jonchée de cadavres de chèvres. Les chèvres, c'est un métier, comme tout.

Certains quand même se sont cramponnés. Ceux qui avaient le flair, l'acharnement, ou qui ont pu se payer les services d'un gardeur de chèvres du coin. Ecolos, ils étaient, cela va sans dire. Amoureux de la verdure, respectueux de la nature, traitant l'animal d'égal à égal, pas plus racistes envers la chèvre qu'envers le manœuvre maghrébin. Des idéalistes aux yeux d'azur.

Ceux-là ont réussi. Plus ou moins. Si plus, c'est aujourd'hui la belle exploitation avec label de la Vie Claire sur les produits, logo maison, fromage pur chèvre « Le Cabricou », ce genre. Si moins, ils livrent le lait à la fromagerie. Dans les deux cas, ils font du lait.

J'ai dit « chèvres », parce que la chèvre avait pris une valeur pour ainsi dire symbolique, mythique et sympa, à l'époque où il pleuvait des pavés. L'opposition type à la pourriture citadine. On a du mal à se rappeler, aujourd'hui. Je pourrais aussi bien dire « moutons », ou « vaches », quoique les vaches, ça faisait déjà un peu trop technique dans l'imaginaire de l'amateur fuyant l'enfer déshumanisant de la métropole.

Bon. Le lait. Eh bien, le lait, qu'il soit de chèvre, de brebis ou de vache, il ne vient pas tout seul dans le pis de ces dames. Il y faut une condition préalable. Il faut qu'elles aient un petit à nourrir. Et qu'on leur enlève bien vite le petit, sans quoi ce goinfre-là se tape tout le lait. Et qu'est-ce qu'on en fait, du petit ? Pardi, du méchoui. Comme partout.

On te voit venir, mais on te laisse t'embourber. Compte pas sur nous pour le coup de main. En plein dans les sables mouvants, tu es. Vas-y, gigote.

Ecolo, c'est quoi ? Retour au bon vieux temps, la chaumière qui fume sa fumée bleue à l'ombre du clocher ? Pas de chimies, pas d'hormones, rien que du naturel ? Filer la laine ? Eplucher des châtaignes au coin du feu de bois en écoutant des vieux cons radoter leurs éternelles niaiseries si tant folklos ? Et arracher tranquillement le biquet à sa mère, le veau à la vache, égorger le goret en famille, arracher l'œil du lapin, gaver l'oie clouée sur sa planche ? Chasser à l'arc, pêcher à mains nues ? Respecter le décor, quoi. Et manger des choses qui ne font pas de mal à la santé.

Cette « écologie »-là, je m'en fous. Elle me rappelle Pétain. Je veux une écologie, ou appelle ça comme tu voudras, sentimentale. Où le souci numéro un serait l'horreur du meurtre et de la souffrance. Mais les animaux tous les premiers ne nous donnent-ils pas l'exemple, sinon de la cruauté, du moins de l'indifférence ? Les carnivores tuent... Les animaux ont le droit d'être indifférents. Moi, je suis un animal avec quelque chose en plus, quelque chose qui change tout, qui m'ôte le droit à l'indifférence : je sais.

Je sais ce qu'est la mort, et la souffrance, et la peur. Je ressens celles des autres comme si c'étaient les miennes. Alors, je voudrais ne pas tuer, ne pas torturer. L'écologie que je rêve aurait pour premier souci d'éviter ça. Avoir la viande sans le meurtre. Pourquoi pas cultiver des rosbifs sur liquide nutritif ? Des rosbifs sans le bœuf. Des cellules qui se multiplient, tu coupes ce qu'il te faut, ça repousse. Pour le lait, un truc du même genre. C'est pas tellement utopique, vous savez, théoriquement tout à fait envisageable. Mais ce sera moins bon ! Ah, la saveur subtile d'un bon gigot de pré-salé !... Vous êtes vraiment des salauds. Qu'importe le meurtre, pourvu qu'on ait la gourmandise ! Qu'importe le calvaire de l'oie, pourvu qu'on ait le foie gras... D'ailleurs, pourquoi ne l'aurait-on pas, ce subtil fumet qui fait la différence ? Quoi, de la chimie ? Pouah ! Mais non, tout peut se cultiver « naturellement », si on le veut vraiment. Tiens, le camembert, comment crois-tu qu'on l'obtient, le camembert, le bon camembert de Normandie « moulé à la louche » ? On oblige le lait à fermenter d'une certaine façon, on lui permet tels ferments, on lui interdit tels autres, qu'est-ce que tu crois ? Et la croûte, la belle croûte blanche qui l'entoure et qui en est peut-être le meilleur, à mon goût du moins (les étrangers, surtout de la variété nordique aseptisée : Angliches, Chleuhs, Amerlocks, ÔTENT la croûte, les pauvres cons, et un bon demi-centimètre de chair avec, dans leur horreur hygiénique !), eh bien, cette croûte, ou plutôt ce manteau sublime, sais-tu comment on l'obtient? Bien sûr, tu sais, mais je te le dis quand même. On sème sur le fromage un champignon microscopique, le « pénicillium » je ne sais plus la suite, et on attend que le champignon ait envahi toute la surface du fromage de son splendide manteau de velours blanc. Tu vois qu'on peut en faire, des choses, sans assassiner personne.

Mais pourquoi s'emmerder? Pourquoi ne pas continuer comme maintenant? Après tout, le meurtre, la souffrance des autres, suffit de ne pas y penser. Nous, on y arrive très bien.

Et moi, moi qui aime le boudin, quand j'en vois dans mon assiette j'entends le cochon couiner son épouvante, quand je vois une huître, je sais qu'elle est vivante, qu'on a brisé les muscles avec lesquels elle serrait sa coquille hermétiquement fermée sur sa peur... Rigole, rigole, tu as la santé.

Si j'avais pu choisir, j'aurais préféré être un carnivore à quatre pattes, un tueur sans problème. Mais on ne m'a pas donné à choisir. A vous, si, apparemment.

Charognes décoratives

Le vétérinaire me parlait. Il m'expliquait pourquoi mon chien bien-aimé n'était pas en aussi belle forme qu'il aurait dû, et moi je n'arrivais pas à vraiment m'intéresser à ce qu'il me racontait, chose qui pourtant m'importait énormément. Cela l'agaçait. C'était un brave homme de vétérinaire, il aimait son métier et il aimait les bêtes, ce qui n'est pas toujours le cas. Il ne pouvait pas deviner que j'étais horrifié par le pied de cheval artistement évidé qui, sur le coin de son bureau, faisait office de pot à crayons. Un authentique pied de cheval, de cheval énorme, un percheron, peut-être bien, coupé sur la bête, si ça se trouve un objet chargé de souvenirs ou rayonnant de symbole, avec son sabot à la corne bien astiquée, son fer luisant, ses longs poils gris-fauve soigneusement peignés... Un bel accessoire de bureau, original et de bon goût, et tout à fait allusif, en plus, je ne sais si vous avez remarqué, juste le bon cadeau pour un vétérinaire ! Peut-être l'hommage d'un éleveur reconnaissant.

Et moi je me disais que si ce gars avait été médecin il n'aurait certainement pas orné son bureau d'un pied humain naturalisé avec ses couleurs de bonne santé, les ongles vernis, évidé bien proprement pour servir de pot à crayons ou, pourquoi pas, prolongé jusqu'à hauteur de genou par un mollet poilu avec muscles harmonieux, afin de servir, couronné d'un abat-jour cossu, de lampe de travail. Et, tant qu'on y était, pourquoi pas une jambe de femme au galbe émouvant, crânement cambrée sur son talon aiguille, cuisse comprise, avec porte-jarretelles et jupette sexy faisant abat-jour ?...

Je me disais qu'une sage-femme ayant le respect de sa clientèle repousserait, quoique peut-être à contrecœur, l'idée amusante de décorer sa salle d'attente de gracieux fœtus flottant, rêveurs, dans des bocaux de cristal aux pimpants reflets...

Le pied d'un cheval mort, la tête d'un cerf garnie de ses bois, la patte d'un éléphant (comme porte-parapluie !), un écureuil empaillé, sont des objets décoratifs. Un pied d'homme, une main d'homme, une tête d'homme, sont des lambeaux de cadavre.

J'ai connu un gars qui allait aux abattoirs ramasser, moyennant coup à boire aux tueurs, les testicules des bœufs pour les tanner et en faire des bourses (après tout, ça reste sous la même rubrique dans le dictionnaire). Des bourses hirsutes, plus il y avait de poils plus c'était prisé des amateurs. Eût-il osé agir de même avec des testicules humains ? Certainement pas, nous sommes bien d'accord. Pourtant, existe-t-il une loi qui interdise la chose ? Je veux dire, sans profanation de cadavre, après accord réciproque dûment paraphé ? On peut bien, de son vivant, céder d'avance ses organes pour de pieux usages : greffe des reins ou d'autres pièces détachées. Il y a même des Banques tout spécialement vouées à cette charitable activité. Je ne pense pas qu'il faille voter une loi particulière pour autoriser la chose, il semblerait qu'une signature suffise. Pourquoi ne vendrait-on pas ses testicules pour en faire une aumônière, son pénis pour en faire un fume-cigare ou un godemichet ? Mais peut-être, dans ma naïveté, arrivé-je trop tard, et ce dernier emploi est-il depuis longtemps en usage dans les milieux où l'on ne regarde pas à la dépense quand il s'agit d'être branché à la toute dernière branche ?

Oui... Revenons à notre propos, qui est celui-ci : le cadavre d'un animal n'est pas vraiment cadavre, au plein sens du terme. Il inspire peut-être le dégoût, voire l'horreur, à l'extrême rigueur et aux âmes pusillanimes. Jamais le respect. La peau d'ours blanc écartelée au pied du lit, mâchoires béantes et yeux de verre irradiant une dérisoire menace, n'offusque pas. L'ours vivant n'est qu'une descente-de-lit en puissance. Mort et tanné, il accomplit enfin son véritable destin.

O belle inconnue qui, l'autre jour, te trouvas, toi, ton parfum du bon faiseur et ton somptueux manteau taillé dans je ne sais quelle fourrure mais assurément pas dans de l'acrylique, seule avec moi dans cet ascenseur qui nous propulsait vers je ne sais plus quels audiovisuels où nous allions vendre nos respectives camelotes, ô toi, la très belle, si tu savais quelles terribles secondes je vécus alors, à retenir ma main droite de balancer sur tes joues ombrées de cils parfaits la formidable paire de baffes qui n'eût, certes, rien valu de bon pour ma renommée, mais m'eût, sur l'instant, fait tant de bien, tant de bien !

Les petits enfants...

Les petits enfants adorent avoir peur. Les petits enfants se relèvent, la nuit, et, sur leurs petits pieds nus, sans bruit, ils quittent leur chambre et leurs joujoux, ils vont dans le « séjour », ils allument la télé. Ils mettent le son très bas, ils ont l'oreille subtile. Ils se blottissent dans les coussins du canapé, et puis, le pouce dans la bouche, ils regardent de tous leurs yeux le film d'épouvante.

L'épouvante, c'est toujours des sales types mal rasés avec des mains énormes, ou des savants fous à grosses lunettes, ou des SS aux bottes bien cirées, enfin, bon : des méchants. Qui vont faire du mal, beaucoup de mal, à des gens tout à fait innocents, quoique un peu imprudents, peut-être.

Presque toujours, il y a des bêtes : les terribles chiens des SS, par exemple. Souvent, même, les bêtes sont les vedettes. Les super-méchants. De sales bêtes, très féroces, très implacables. Et laides !... Horribles. Hideuses. Répugnantes. Des vampires suceurs de sang. Des araignées géantes. Des requins qui vous coupent un homme en deux d'un seul coup de dents. Des tigres qui ne peuvent plus se passer de manger de l'homme depuis qu'ils en ont goûté une fois. Des crocodiles tout en mâchoires béantes de la tête à la queue qui s'ouvrent comme une fermeture. Eclair.

Des monstres cuirassés surgis d'on ne sait quelle ère géologique maudite. Des gorilles arracheurs de membres comme on épluche une banane et violeurs de petites filles blondes (violer d'abord, arracher ensuite, ne pas se tromper, surtout). Des loups-garous. Des femmes-vipères. Des pieuvres colossales. Des scorpions, des panthères, des piranhas, des grizzlis... Des pinces, des dards, des crocs, des cornes, des tentacules, du venin, des langues-fouets, des yeux à rotule... Du gluant, du visqueux, de la carapace, des yeux cruels et glacés ou bien irradiant la rage de tuer... La Bête, quoi.

Les petits enfants regardent ça, ils ont atrocement peur, ils adorent avoir peur mais ils ont VRAIMENT peur, ça leur rentre dans la tête par leurs yeux écarquillés, ça déclenche en eux la grande délicieuse panique de ce qui POURRAIT arriver, ça s'inscrit dans leur tendre et avide mémoire en une association inconsciente mais ineffaçable, ça dresse entre eux et la Bête le mur inexpugnable de l'horreur, à tout jamais...

Bien sûr, ils savent que c'est du « pour de rire », que c'est rien que du cinéma, du « pas pour de vrai », n'empêche que s'imprime au plus profond de leur être la méfiance envers le non-humain, que se confirme l'instinctive pulsion à considérer comme ennemi tout ce qui est autre.

Peut-être faut-il voir là la réponse à cette question que je pose quelque part en amont : « A quel moment, dans la vie du petit d'homme, le gentil nounours, le mignon petit lapin deviennent-ils le fauve qui fait surgir le besoin de tuer, et dont le meurtre procure le haut plaisir coupable pour une fois permis, le honteux mais délectable secret plaisir du sang qu'on fait gicler, le sang exécré de l'Autre ?

Les veaux ont-ils une âme ?

Pourquoi manger du veau ? C'est fade, c'est sec, il faut noyer ça dans des océans de sauce, d'épices et d'art culinaire pour le rendre acceptable par le palais, ça ne nourrit pas, ça encombre l'estomac pendant des heures... Pourquoi donc s'acharner à manger du veau ?

Vous qui me connaissez, vous savez que la question que je viens de poser n'est pas la vraie question. Ma vraie question. Vous qui me connaissez dans les coins, vous ricanez, finauds. Vous savez que ma vraie question est : pourquoi arracher les veaux à leurs mères meuglant leur détresse pour les parquer dans une cage-gavoir où on les engraissera vaille que vaille en un temps record à coups de super-aliments, d'hormones, d'anabolisants, d'antibiotiques et de tous les engrais de forcerie, dans le noir total afin que la chair reste blanche — quel Brillat-Savarin de mes deux a décrété que le veau devait être blanc de neige ou ne pas être ? — avant l'abattoir industriel, pourquoi ?

Hé, ballot, si on laisse le veau à sa maman, il va lui pomper le lait, tout son lait, et qu'est-ce qui restera pour le biberon de nos blonds bébés, futurs rois de la Création ? Ça, mon vieux, je m'en fous. Si les femelles d'hommes ne sont pas capables de sécréter le lait nécessaire à leurs morveux, qu'elles les regardent crever. Ou qu'elles les gavent d'un de ces produits hautement synthétiques, cocktail de super-aliments protéinés, sucrés, hormonisés, anabolisés, antibiotisés et le reste qui réussissent si bien aux bébés veaux, aux bébés moutons, aux bébés cochons... Le résultat en sera une génération d'hommes athlétiques, musclés du bide et puissants du cerveau, guéris d'avance de toutes les maladies imaginables avant même de les avoir attrapées puisqu'ils auront préalablement été bourrés de tous les médicaments qui soignent ça, comme précisément les veaux... Mieux encore (on peut rêver) : que les hommes étendent donc aux hommes les hardiesses chimico-diététiques qu'ils déploient pour les animaux de boucherie. Qu'ils concoctent des tourteaux compacts, nourrissants et équilibrés, qui ne nécessiteront aucun meurtre, aucun sang répandu, aucune vache-mère meuglant de désespoir... Merde, la science appliquée est là pour ça, réveillons-la à coups de pied, secoue-toi le cul, vieille pute, il n'y a pas que la bombe à neutrons à découvrir, ni que le gaz foudroyant, ni que la crème à bronzer hyper-filtrante...

D'ailleurs, il faudra bien y venir, à la bouffe synthétique tirée du pétrole, de la terre glaise ou du mâchefer irradié : vingt milliards de morfaloux dans trente ans, comment croyez-vous que ça va se passer ? Bien fait pour vos gueules, pondeuses mystiques, pondeuses cupides à troisième enfant, pondeuses patriotes, pondeuses linottes oublieuses de pilule.

Bon. On ne tue plus les veaux. Alors ? Alors, ils

deviennent bœufs, alors on les abat, alors on les mange. Rouges, fermes, saignants... C'est vrai. Qu'est-ce qu'on est goinfres! Nos terribles mâchoires dévorent le monde. Par un bout. Le recrachent par l'autre. Changé en merde. L'homme, machine à changer le monde en merde. Eh là, eh là, tu oublies les œuvres de l'esprit. Tu oublies l'âme immortelle... C'est vrai. Excuse-moi. L'homme n'est pas une bête, lui. Il a le droit. Puisque c'est lui qui le dit. Mais puisqu'il a ce qu'il appelle une âme, machine à déceler, sinon à créer, le beau, le laid, le cruel, l'horrible, pourquoi fait-il comme s'il n'en avait pas?

Et si on se l'invente, ta barbaque synthétique, si même on arrive à convaincre les gourmets, les bouchers et les éleveurs, si l'on cesse de tuer pour la bouffe, alors, tu sais quoi? Eh bien, les bœufs, les vaches, les chevaux, les moutons, les cochons, les poulets, les canards, eh bien on cessera simplement de les élever, et il n'y en aura plus, ils auront disparu, espèces éteintes, une croix dessus. Ouais... Ça, c'est pas l'essentiel. L'essentiel, c'est qu'on ne tuerait plus, qu'on ne gaverait plus, qu'on ne torturerait plus. L'essentiel, pour moi. Les bons cons qui déplorent la disparition des baleines au nom de l'espèce! Esthètes, va! Collectionneurs! Petits vieux! Je déplore l'industrie de la chasse à la baleine au nom du harpon-obus perforant la baleine après une poursuite effroyable, lui explosant dans les viscères, arrachant déchiquetant écrabouillant, je déplore l'angoisse horrible et la souffrance et la mort, je souffre mes viscères éclatés et ma trouille et ma mort, je suis la baleine, comme je suis le veau, le bœuf, le cochon qu'on saigne tout vivant — le boudin, c'est si bon ! —, et vous êtes l'assassin, et vous êtes l'ennemi, et, pardonnez-moi, je vous hais.

Mais si on ne les tue pas, si on les lâche dans la — mets des guillemets, surtout — « nature », dans ce qu'il en reste, ils vont devenir quoi ? Ils vont devenir gibier. Les chasseurs vont se régaler la gâchette ! D'autant que tes grosses bêtes seront, automatiquement, des « nuisibles ». Elles ne vont pas se contenter de brouter sagement les maigres touffes non-appartenant à exploitants payant impôts, non vouées à la nourriture du genre humain, seule espèce sacrée de la Création, c'est son Dieu qui le dit, c'est-à-dire elle-même. Hé oui. Vous êtes bien le fumier suprême. L'ordure absolue. Ce que vous ne tuez pas pour vous nourrir — ou plutôt pour vos petites miteuses voluptés gastronomiques —, vous le massacrez pour le plaisir. Pour faire joujou. En rotant, après bien bouffé bien bu, pour la digestion. Grosses vaches ! (Pardon, les vaches.) Tas de merde qui vous croyez tas de merde pensants, parce qu'un tas de merde d'entre vous autres tas de merde vous l'a dit...

Pourquoi je suis en boule comme ça ? Parce que c'est en ce moment la grande bataille du veau. Du veau français. Du veau français bourré d'hormones et de toutes les saloperies interdites — interdites mon cul : tu sais ce que vaut une interdiction en France, pays de la démerde, du pourboire et de la magouille électorale —, du veau français que les

Ritals — non, mais, quels sales cons, ceux-là ! — ne veulent plus donner à leurs enfants dans les petits pots, parce que ces enfants deviendraient des Ritals monstrueux, chose vexante. Voilà. Cette grande querelle du veau ne s'est déclenchée que parce que le veau trafiqué risque de, comme je viens de vous le dire, être nocif pour la petite santé de l'homme et de sa descendance. Alors, ça, c'est pas tolérable, ça. Voilà des années qu'on « élève » les veaux en batterie, qu'on les traite systématiquement en tubes à sécréter de l'escalope, que ces malheureux enfants — je parle des veaux, le veau AUSSI est un enfant — vivent une courte vie d'une horreur à vous dresser les cheveux sur la tête, ET ÇA N'A JAMAIS ÉMU PERSONNE. Pour qu'on s'intéresse au sort des veaux, il faut que cela comporte des conséquences fâcheuses pour la santé des mangeurs de veaux ! Et encore, ceci ne serait rien, le puissant lobby des éleveurs de veaux prétend que ce n'est pas vrai. Mais le vrai scandale, ce qui mobilise les médias et indigne l'opinion, c'est que cela est mauvais pour l'économie française ! Des catégories sociales sont lésées ! Là, oui, ça bouge. Enfoirés !

Je souhaite de tout mon cœur qu'un jour — si possible après ma mort — les multitudes affamées — affamées par nous — des Asies, des Afriques et des Amériques se ruent sur le vieux monde aux décadences subtilement sanglantes, sur le vieux monde aux gastronomies raffinées où la sauce cache le gavoir et l'abattoir, et, la viande de boucherie ayant disparu, parquent les Blancs dans des enceintes implacables, les forcent à se reproduire, leur fauchent l'enfant à la sortie du trou et l'engraissent « en batterie », et l'égorgent proprement — le sang servira pour la sauce — et l'accommodent selon les recettes tant délectables trouvées dans les beaux livres de cuisine illustrés en couleurs. Le bébé d'homme blanc ressemble beaucoup, d'un point de vue culinaire, au bébé bœuf, ou au bébé cochon : fade, sec, demande une sauce relevée.

Ce ne sera d'ailleurs même pas une consolation : les foules exotiques, pour pitoyables qu'elles soient, ne sont pas moins stupides, cruelles, indifférentes, sensuelles, en un mot pas moins cons, que nous. C'est juste un petit plaisir esthète que je me donne, comme ça. Ça ne console pas mais ça soulage.

Les affamés d'autre chose

Blasphème sans adresse

Si vraiment c'est un dieu qui a créé ce cloaque d'horreur et de désespoir avec la mort au bout, alors c'est un tel salaud qu'il vaut mieux qu'il n'y en ait pas.

Attraper le Sida à Lourdes

Les millions de malades qui, chaque année, accourent à Lourdes, croient-ils au miracle ? Bien sûr, gros bêta, sans quoi ils ne viendraient pas. L'espèrent-ils ? Beuh... Oui, sans doute, comme on espère gagner le gros lot au loto. En tout cas, les millions de non-miraculés s'en retournent apparemment pas trop déçus, sans quoi ils casseraient tout dans la grotte à coups de béquilles, n'est-ce pas ? Or ils s'en vont avec dans les yeux une extase encore plus grande qu'en arrivant, et dans la poche plein de médailles bénites. Donc, ils sont contents, c'est le principal.

Et si, par chance extrême, ils ont pu voir un collègue (devrais-je écrire un « comalade » ?) envoyer promener ses béquilles, ou sa petite voiture, ou son chien d'aveugle, en criant « Miracle ! » et « Hosanna ! », alors, là, ils tombent à genoux, s'ils ont des genoux, les yeux au ciel, les bras en croix (s'ils ont des bras). Sans rancune ni aigreur, notez bien, et c'est là le vrai miracle des miracles. La Sainte Vierge a ses têtes, que voulez-vous, on ne lui en veut pas, simplement on reviendra l'année prochaine, ce sera peut-être notre tour.

En cette calamiteuse fin d'un siècle qui avait pris le départ ventre à terre vers les lumières et le progrès, le miracle reprend massivement du poil de la bête. Pas seulement chez les guérisseurs, les marabouts, les gourous, les transcendantaux, tous ces petits bricoleurs aux ongles sales favorisés du « don » salvateur (On dit « charisme », hé patate. T'as pas la télé ?) qui tiennent boutique de miracles, mais aussi dans les puissantes organisations multinationales, succursales terrestres du Grand Suprême Machin, lesquelles ne veulent pas se laisser ôter la manne de la bouche par des gougnafiers individualistes et gâche-métier. La plus directement concernée par le surnaturel bien tempéré étant l'Eglise catholique, apostolique et romaine.

Elle s'est dotée d'un sacré pape, la gueuse. Vachement vendeur. Un Tapie en soutane blanche. Et qui met la sauce ! Pas un de ces petits papouillards réticents qu'on avait avant, presque honteux de faire leur signe de croix devant le monde, non non, un qu'a pas la trouille de tomber à quatre pattes (C'est son truc à lui, ça : à peine descendu de l'avion, hop, il plonge. Les médias adorent.). Et il interpelle la Sainte Vierge : « O femme ! O sœur ! O mère !... » Du Baudelaire. Voilà une Madone comme je les aime : généreuse de poitrine, ample des hanches, blanche et douce du ventre, les bas bien tirés par le porte-jarretelles. Du Rimbaud : « Monceau d'entrailles, pitié douce... » Le petit Jésus disparaît de plus en plus derrière les jupes de sa maman. Quant à son cher vieux papa, il y a beau temps qu'on l'a envoyé en préretraite. La religion se fait décidément femelle, tant mieux si tu aimes, tant pis si t'es homo.

Les chrétiens marchent de plus en plus au miracle, de moins en moins à la morale. Les chrétiens français, en tout cas, ne vont plus à confesse. De temps en temps, un archevêque ou l'autre vient nous le déplorer à la télé. C'est qu'ils ne croient plus tellement au péché, plus du tout à l'enfer, voyez-vous. Hé là ! Ça ne va pas, ça ! Pas du tout ! Plus d'enfer, ça veut dire tout est permis. Vous voyez où ça mène ? Oh, oui, je vois : on y est déjà. Mais que voulez-vous, les mœurs évoluent, la société devient permissive, la religion ne peut pas se permettre de rester en arrière. On n'est plus aux temps d'Abraham. Ils ne veulent plus brûler à perpétuité, c'est humain. Et c'est contraire aux Droits de l'Homme, qui spécifient que le châtiment doit concourir à l'amendement du délinquant. Alors, ils veulent un enfer avec possibilité de réinsertion au paradis après période probatoire. Et des permissions. La hiérarchie serait plutôt d'accord, dans son ensemble. Le pape se tâte. L'enfer, ce n'est pas tellement son domaine. Lui, ce serait plutôt les choses du bas-ventre. Là, il est très ferme : pas de pilule, pas d'avortement, pas d'utilisation d'orifices inadéquats, pas de préservatifs, le Sida est la sanction divine du péché, cherchez bien, vous avez certainement fait quelque chose que vous n'auriez pas dû, à genoux, mes frères, remerciez le Seigneur, et cessez de vous gratter quand je parle.

Je ne vous embauche pas, votre horoscope est trop mauvais

Une des plus amères surprises de ma vie aura été l'implacable montée du marécage de boue puante qu'on se plaît à nommer « l'irrationnel » et qui n'est, tout simplement, que le triomphe de la bêtise « au front de taureau » de Flaubert, de l'increvable bêtise au mufle arrogant, activement propulsée par la cupidité des charlatans.

On m'avait élevé dans la certitude (je ne dis pas « la foi », rien n'est article de foi) du progrès. Majuscule. Le Progrès était en marche, irrésistiblement, rien ne pourrait plus l'arrêter. Mes éducateurs, laïques jusqu'à la passion, entendaient alors par « progrès » tout autre chose que la lumière électrique, la télé-satellite, l'homme sur la Lune, la musique laser, la tuberculose vaincue ou les week-ends à Disneyland. Ces bricoles n'étaient pas exclues, bien entendu, mais elles n'étaient que la petite monnaie du progrès, ses à-côtés triviaux, ses menus cadeaux technologiques. L'essentiel de ce qu'on appelait progrès était ailleurs : dans l'accession de tous à l'instruction, et surtout dans l'apprentissage de l'usage optimum de la raison, dans l'éveil de l'esprit critique et de la curiosité féconde.

Ce schéma lumineux et simpliste m'a longtemps tenu l'âme au chaud. Même le hideux nazisme et ses monstrueuses conséquences, même la confiscation des découvertes de la science par les assassins à bonne conscience (par exemple la bombe atomique) ne purent ruiner mes certitudes. Ce n'étaient pour moi que sursauts de la bête, spasmes d'agonie, ultimes épreuves. La raison n'en poursuivait pas moins sa marche impavide, le monde, peu à peu mais inexorablement, s'ouvrait à l'intelligence... J'avais l'optimisme plutôt tenace.

Staline après Hitler, Mao après Staline, Franco et quelques autres pendant tout ce temps, je finis tout de même par trouver que la prise du pouvoir par la raison raisonnante était bien lente à venir, qu'il semblait bien que c'était de plus en plus toujours la même chose et que, si progrès il y avait, il n'était pas d'une évidence aveuglante. Que même on faisait de moins en moins appel à l'intelligence, au doute préalable et à l'esprit critique, mais qu'on lançait des slogans imbéciles et bien rythmés que les masses hurlaient en chœur en courant joyeusement tuer et se faire tuer.

Si du moins, chez nous, pays qui se veut le phare de la civilisation, j'avais, ne serait-ce que dans le train-train du quotidien, trouvé des sujets d'espoir... Hélas ! Plus les temps se faisaient troubles, les lendemains incertains, plus devenaient conquérants les vieux consolationnismes des âges farouches où tout dans la nature était menace, terreur et incompréhension pour la misérable bête à peine humaine. Qu'ils se drapent de mystère et se targuent d'une « tradition » millénaire comme les astrologues, les voyants, les numérologues, les sorciers, mages, marabouts, gourous, « sages » et autres « inspirés »... ou qu'ils s'affublent d'une étincelante défroque pseudo-scientifique et baragouinent un discours bric-à-brac piqué dans la terminologie technique à la mode vulgarisée par la télé comme les radiesthésistes, les morphophysiologistes, les parapsychologues, les graphologues, les iridothérapeutes et beaucoup d'autres..., qu'ils « guérissent » par les bains de siège ou par l'imposition des mains, qu'ils vendent des « croix rayonnantes », des « pierres du bonheur » ou des gris-gris africains, ils prolifèrent comme mauvaise herbe, les charlatans ! Plus impudents, plus arrogants que jamais.

Les bras vous en tombent. Vous dites « irrationnel » ? Mais ils en sont fiers, mais ils le revendiquent ! « Cartésien » est devenu une injure ! Au pays de Descartes ! Alors que tout ce qui entoure l'homme moyen, toutes ces merveilles qu'il utilise sans y penser et qui devraient lui tirer des exclamations d'étonnement, depuis le docile moteur à explosion de sa voiture jusqu'à l'interrupteur de sa lampe de chevet et la télécommande de sa TV, alors que tout cela devrait lui démontrer l'efficacité du raisonnement « cartésien », il se réfugie, son besoin de merveilleux sous le bras, dans les vieilles cavernes obscures de la magie qui ose plus ou moins dire son nom. Car toutes ces prétendues « sciences » dans le vent ne sont que des déguisements de la plus crasseuse magie, elles procèdent du même refus de regarder les choses en face, du besoin qu'il y ait « autre chose » que le réel décevant, quelque chose sur quoi on puisse espérer agir, ne serait-ce qu'en « le forçant à lever un coin du voile de l'avenir », comme on dit dans les magazines pour dames.

Nous sommes tous ignares. Où est-il, le fameux idéal de l' « honnête homme » du XVIIIe ? Vingt pour cent de la population française est illettrée, paraît-il, mais la quasi-totalité, même si elle sait à peu près lire et écrire, ne vaut guère mieux. Ce qu'on appelait naguère « culture générale », et qui était censé, non point bourrer les têtes de dates et de noms pour « trivial pursuit », mais bien former le jugement, a pratiquement disparu. Vite, vite, le plus tôt possible spécialiser le futur professionnel. Et rien d'autre. On lui vendra du loisir sous cellophane, de la passion standard : football, tennis ou collection de timbres. La publicité le décervellera, lui désapprendra le sens critique, s'il en manifestait quelque velléité : « L'eau pure de vos cellules ! » « Truc lave plus blanc ! » « C'est facile et ça peut rapporter gros ! »... La raison, c'est comme le reste, si tu ne t'en sers pas, ça rouille.

Les charlatans des fausses sciences n'ont même pas à renouveler leur baratin. Il a toujours l'air tout neuf. Les gogos ignorent que l'imposture a été mainte et mainte fois dénoncée, et veulent l'ignorer. C'est ici une question de foi. Les imposteurs jouent sur le velours. La victime accourt et supplie qu'on la dépouille. Des scientifiques, des vrais, ceux-là, prennent périodiquement la peine de démontrer l'escroquerie. Mais ce ne sont que d'honnêtes hommes de laboratoire, pas des camelots. Ils ont autre chose à faire que de mettre au point un contre-baratin aussi séduisant que le baratin du charlatan. Le charlatan, lui, n'a que cela à faire :

perfectionner sa technique pour duper les gogos et cueillir les poires. Il sait manipuler les foules, jongler avec les mots, mettre les rieurs de son côté. C'est un démagogue, un professionnel, faites-lui confiance ! Le détracteur est traité de « scientiste », de « totalitariste de la pensée », et même carrément de fasciste... Surtout, sa meilleure arme, c'est le gogo lui-même, qui désire le miracle, qui veut, de toutes ses forces, CROIRE.

L'horoscope, parce qu'il est « vendeur », a envahi la presse, surtout féminine, et les TV matinales. On y croit d'un œil, on en rigole un peu, au bureau, n'empêche, on se jette dessus, on est troublé, il comporte suffisamment de flou et d'allusif prudent pour que chacun y trouve quelque chose qui pourrait le concerner... Ce n'est pas bien méchant, dites-vous. Et que pensez-vous de ces entreprises de recrutement de personnel pour les grosses boîtes qui exigent des candidats l'indication de leur signe zodiacal de naissance et conseillent les chefs du personnel d'après ces « données » ? Et celles qui procèdent à une prétendue analyse graphologique ? Un employé n'a guère le loisir, lui, d'exiger que son éventuel futur patron lui présente son horoscope ou un échantillon de son écriture... Pourtant, c'est important pour l'avenir de la boîte, non ?

« Le charlatan, c'est l'autre. » Les devins, astrologues, guérisseurs et autres faiseurs de miracles sont les plus empressés à proclamer que la profession est encombrée par un ramassis de fumistes et d'escrocs qui lui font le plus grand tort. « Ce sont, disent-ils, ces brebis galeuses qui jettent le discrédit sur tout le parapsychique. » Ils ajoutent, cela va de soi : « Moi, je suis honnête et j'ai le don. » Ce qui a fait naître une nouvelle branche charlatanesque, celle des « Instituts » qui délivrent les brevets d'authenticité. De l'escroquerie au deuxième degré, c'est-à-dire, tout bonnement, du racket.

L'inquiétude est notre lot, et aussi le besoin de se rassurer, et aussi l'attrait pour le merveilleux. Le malheur, le chagrin, la peur, l'insatisfaction sont, hélas, plus souvent le cas que la félicité. Tout cela est le terrain d'exploitation des marchands d'illusion. Quelle que soit leur spécialité, ce sont des illuminés ou des charlatans, l'un n'empêchant pas l'autre.

Encore le pire de cette flambée de l'irrationnel n'est-il pas cette exploitation cynique du malheur, de l'angoisse, du mal à vivre, mais bien l'abêtissement des masses, la sclérose des esprits, la mise au rancart de la raison... Notre raison, sans doute, est bien imparfaite. Cependant, nous n'avons qu'elle. C'est la première fois qu'une telle faculté, celle de se poser des questions sur soi-même et sur le monde, existe sur la Terre, et peut-être dans l'Univers. Elle a montré que, pour imparfaite qu'elle soit, elle n'en est pas moins un brave et bon outil, à condition d'apprendre à s'en servir, à condition de VOULOIR s'en servir.

Le rationalisme est « dépassé », « étriqué », « desséchant », bref, ringard, ricanent ceux à qui on ne la fait pas et qui, du même pas, courent se mettre à genoux devant quelque idole millénaire ou porter leur bon fric à la voyante ou au « parapsychologue » à la mode.

Croire ou penser, il faut choisir

En quoi je crois ? La réponse tient en deux mots, deux tout petits mots : en rien.

Ces deux mots ne sont-ils pas assez nets, assez définitifs ? Faut-il vraiment tartiner quatre pages pour les leur accrocher à la queue ? Expliciter, c'est affaiblir, en ce cas, du moins. Mais nous sommes ici pour cela, alors, essayons.

« Je ne crois pas » serait d'ailleurs plus exactement dit que « Je ne crois en rien ». L'ennui, c'est que « Je ne crois pas » est couramment utilisé pour « Je pense que vous n'avez pas raison », d'où affadissement et équivoque. Je veux ici le prendre en son sens absolu, intransitivement : « Je ne crois pas », c'est-à-dire « Je ne possède pas — ou je n'exerce pas — la faculté de croire ». De même qu'un individu privé de jambes peut dire, littéralement, « Je ne marche pas », moi, qui suis privé de l'organe dont procède la foi, je dis « Je ne crois pas ». Je ne possède pas la faculté de croire, je ne conjugue jamais le verbe « croire » à la première personne du singulier. Je m'interdis même de l'employer machinalement, comme lorsqu'on dit « Je crois qu'il va faire beau ». Je dis alors « Je pense qu'il va faire beau ». Car ce n'est pas là article de foi, conviction intime et irraisonnée, mais bien opinion raisonnablement déduite de certaines observations confrontées à certaines données de mon expérience personnelle, lesquelles m'ont amené à la prédiction prudente qu'il va probablement faire beau. Le verbe croire est ici abusivement employé.

Oui, je sais ce qu'on attend de moi. Je sais qu'il est de bon ton, à une telle question « bateau », si l'on n'est pas « croyant » (c'est-à-dire adepte d'une religion quelconque), de répondre par une de ces réponses nobles et valorisantes : « Je crois en l'Homme », ou bien « en la Liberté », « en la Démocratie », « en l'Avenir », « en l'Enfance », « au Progrès », « à la Science »... Ne pas oublier les majuscules ! C'est là ce qu'on attend de vous, surtout si vous vous êtes taillé une réputation d'« homme de gauche ». Mots pour ne rien dire. Fariboles. Démagogie.

Qu'est-ce donc que « croire en — disons — la démocratie » ? C'est, après réflexion, arriver à la conclusion que la démocratie est le moins mauvais système de contrat social, bien que ce ne soit pas l'idéal. (Mais l'idéal existe-t-il ? Une société humaine équitable est-elle biologiquement possible et durable ?)

« Je crois » projette sur l'écran de l'imaginaire une image tout à la fois impérieuse et romantique, un crâne défi aux éventuels contradicteurs. Quiconque assène « Je crois » se pose en martyr néronien face aux lions affamés. Voyez-vous un scientifique proclamer « Je crois en la science ! » Qu'est-ce que ça voudrait dire ? Un plombier « croit »-il en la plomberie ?

Quand, à l'avènement de la machine à vapeur, un capitaine au long cours affirmait, en donnant du poing sur la table, « Je crois en la marine à voiles ! » que disait-il, en vérité ? Il disait ceci : « Je ne VEUX pas que ce système auquel je suis habitué, auquel j'ai consacré ma vie, soit supplanté par cette nouveauté, peut-être plus rapide et plus sûre, mais qui me relègue, moi, dans la poubelle aux vieilles choses périmées. » Les littérateurs accrocheront à ce poignant refus tout le bric-à-brac des nostalgies et des beautés, réelles ou subjectives, qu'ils exalteront ainsi que c'est leur métier de le faire.

« Je crois en l'homme ! » Que veut dire ce pompeux galimatias ? Que, malgré toutes les preuves éclatantes que, quotidiennement et aussi loin que l'on puisse remonter dans l'histoire, l'humanité nous assène de son incapacité à surmonter ses pulsions néfastes (agressivité, cupidité, compétitivité, peur, etc.) et à adapter son comportement à la fantastique puissance des moyens de destruction que le progrès technique lui a mis en main que, donc, malgré ce démenti hurlant et permanent, je VEUX entretenir en moi l'illusion rassurante qu'elle est perfectible, qu'elle va vers le mieux, qu'il n'y aura plus de guerres, de famines, de massacres, d'enrichissements démentiels ni de trafic de drogue...

Je conclurai en paraphrasant ce cher vieux Descartes : « Je pense, donc je ne crois pas. »

Foi exclut tolérance

L'intolérance — rebaptisée branché « intégrisme » — monte en flèche. L'intolérance est le thermomètre de la foi. Elle monte ou descend avec elle. Quand la foi se fait tolérante pour les autres fois, c'est qu'elle est en perte de vitesse. Un croyant sincère et conséquent ne peut admettre qu'une autre vérité que la sienne puisse être vraie, qu'un autre dieu puisse coexister au sien. Puisque sa vérité est LA Vérité.

Un croyant, donc, ne peut être qu'intolérant, et même férocement intolérant, puisqu'il y va de choses essentielles, les plus essentielles de toutes : notre raison d'être ici-bas, les fins dernières de toute chose, la vie éternelle, la damnation, la nature de Dieu et la façon précise dont Il veut qu'on lui rende hommage... Pour un croyant, cet enjeu est le seul enjeu qui vaille la peine.

Si je croyais, ma foi dominerait et orienterait toute ma vie, chaque acte, chaque pensée. Je serais bouleversé à l'idée des millions d'humains dans l'erreur, voués aux éternels supplices et, surtout, privés de l'illumination de la certitude.

Un croyant ne peut être qu'intolérant, ou alors il est incohérent. Se satisfait d'un à-peu-près tiédasse. Ne va pas au fond des choses. Quiconque n'est pas fanatique ne croit pas vraiment.

Un croyant tolérant (qui se croit sincèrement

tolérant) est au fond un résigné. Parce qu'il n'a pas les moyens d'imposer son point de vue, il « tolère » — c'est bien le mot ! —, avec condescendance ou avec douleur, que les infidèles pataugent dans l'erreur, mais il n'oublie pas que c'est une erreur, il ne leur accorde pas la possibilité d'avoir raison. Une véritable tolérance serait celle qui, prudente, se dirait qu'après tout on n'est sûr de rien et que la vérité de l'Autre est peut-être la vraie vérité... Mais une telle position serait de l'agnosticisme, c'est-à-dire le contraire même de l'esprit religieux ! La foi, par définition, exclut le doute.

Ce réveil des fanatismes est tout bonnement un sursaut du sentiment religieux. Manipulé, bien sûr, par les politiques, mais la résurgence religieuse a précédé la manipulation politique, qui ne fait qu'utiliser ce qu'elle a sous la main.

Le christianisme se fait gloire d'être la première religion au monde à avoir donné même valeur à tous les humains, à avoir, en somme, proclamé ce qu'aujourd'hui nous appelons « les droits de l'homme ». Il y a du vrai. L'Evangile se veut précepte d'amour et de fraternité. Mais, en fait, ses prêtres, aussi longtemps qu'ils le purent, professèrent une intolérance absolue, rejetant toute religion autre que la leur, et même toute nuance d'interprétation d'un point mineur du dogme, comme fausse, impie et inspirée par le démon, et donc à combattre, au besoin par le fer et par le feu. Ils étaient alors dans la droite ligne d'une logique religieuse bien comprise, le prosélytisme faisant partie des devoirs du chrétien.

Cet « humanisme », cet intérêt pour l'homme

terrestre, qui est la conséquence même de la lettre de l'Evangile, il fallut l'imposer à l'Eglise, et c'est de l'esprit de révolte contre l'Eglise qu'est sortie la démocratie. Les « intégristes » religieux de tout bord le sentent bien, qui, toujours, rejoignent les pires réactionnaires politiques. Combien de nostalgies malsaines recouvre le mot tant vénéré de « tradition » !

La pulsion imbécile du fanatisme, son étroitesse de pensée, son intransigeance, ne sont pas des aspects fâcheux et dévoyés de la religion, ils sont la religion même « dans sa pureté originelle, dans la touchante dévotion des âges naïfs », comme disent ceux qui parlent comme ça. C'est elle qui s'arrache à l'indifférence où elle s'enlisait et flambe en ce moment un peu partout dans le monde. Il en est pour s'en réjouir. Car, en désespoir de cause, ils fondent leurs ultimes espoirs sur la foi, n'importe quelle foi, pour régler dans l'harmonie ces problèmes posés par la civilisation technico-ploutocrate et la pullulation insensée de l'espèce humaine. C'est aller voir la cartomancienne pour guérir son cancer...

Aucun régime politique n'a su éliminer l'esprit religieux. Les bolcheviks, semble-t-il, n'ont fait que persécuter, sans éduquer. Aussi n'est-ce pas la raison (l'intelligence, si vous préférez) qui mène les affaires humaines, mais bien les ancestrales pulsions instinctives, purement animales, qui déjà faisaient agir l'homme de Cro-Magnon : peur, avidité, agressivité, cupidité, sexe, besoin de vaincre, d'humilier... L'intelligence n'étant admise qu'au titre de fournisseur d'armes et de fourberies.

Brûler ou se gratter ?

La peur de l'enfer sera-t-elle plus forte que la peur du Sida ?... De qui Dieu se moque-t-il en jetant soudain sur les pauvres hommes que nous sommes cet épouvantable fléau dont on ne peut se préserver qu'en utilisant un abominable engin de caoutchouc initialement inventé par le vice dans le dessein de ne garder de l'accouplement que le plaisir des sens qui y est accessoirement lié tout en en supprimant le but essentiel et sacré : la procréation ?

Quand apparut le Sida, les âmes pieuses ne purent manquer d'y voir le doigt de Dieu. Non sans une certaine jubilation vertueuse. Cette punition ne s'abattait-elle pas de préférence sur les homosexuels et sur les drogués, c'est-à-dire sur les suppôts du vice ? Hélas, il fallut déchanter. Non seulement le Sida s'attaque à tout le monde, mais voilà que le seul moyen de s'en préserver est l'infâme capote anglaise, œuvre à coup sûr du démon. Alors, on ne sait plus... Dieu et Satan se seraient-ils unis pour jouer cette vilaine farce aux hommes ? Les voyez-vous, les deux garnements, ricanant et se poussant du coude ?

L'Eglise, elle, ne rigole pas. Elle a tranché. Non à la capote... Mais je la connais, l'Eglise. Pas si mauvaise fille que ça, au fond. On trouve toujours des accommodements avec le ciel. Il existe bien des dispenses pour manger des œufs en carême. Pourquoi n'y en aurait-il pas pour les préservatifs ?

Un nouvel être humain existe, dit l'Eglise, et muni d'une âme en bon état de marche, dès le moment même où l'ovule et le spermatozoïde ont réussi leur rendez-vous sur la paille derrière la grange. Donc toute manœuvre pour éliminer cet ovule fécondé serait un assassinat. Donc, pas de pilule abortive. Amen. C'est la dernière des décisions vexatoires du pape. Voilà les catholiques pratiquants encore un peu plus brimés. De toute façon, les catholiques pratiquants étant déjà privés de moyens contraceptifs, la question ne soulève jusqu'ici pas de tempêtes sous les crânes pieux. Mais supposez seulement qu'un savant mécréant découvre que l'usage d'une de ces pilules réprouvées préserve du Sida ? Ou du cancer ? Ou même de la grippe ? Hein, hein ? Le Bon Dieu nous a déjà fait le coup avec les préservatifs. Alors, farceur comme on le connaît...

Si votre enfant est désespérément nul dans toutes les matières du programme, une nouvelle chance va peut-être s'offrir à lui, pour peu que le projet de classes de catéchisme à l'école et au lycée aboutisse. Une bonne note d'instruction religieuse pourra sauver un bac mal parti. Tel qui n'arrive pas à se fourrer dans le crâne la règle de trois fera peut-être des étincelles avec le mystère de la Sainte-Trinité...

Or, jusqu'à nouvel ordre, la laïcité de l'Etat l'oblige à maintenir une stricte égalité entre les religions. Il y aura donc des classes de catéchisme catholiques, protestantes des diverses obédiences, israélites, coraniques, bouddhistes (pour les Chinois), vaudous (pour les Antillais), etc. Mais, mais... Et les sans-religion ? Y aura-t-il des classes de catéchisme athée ? La stricte équité l'exige. Les parents athées ou simplement agnostiques l'exigeront. Comptez sur moi pour être au premier rang !

Privé de dessert

A propos du film de Scorsese, « La dernière tentation du Christ », je n'ai pas très bien compris en quoi le sujet de ce film indigne tant les chrétiens convaincus. Si quelque chose dans ce film m'indigne, moi, anticléricaliste convaincu, c'est justement son accord profond avec la doctrine chrétienne, avec ce qu'elle a de plus choquant, de plus outrageant pour la raison. Je trouve que le cinéaste a magnifiquement exalté, avec beaucoup d'art mis au service d'une grande conviction, un des dogmes essentiels du christianisme, peut-être même le plus fondamental de tous, celui en tous cas qui fut l'objet pendant les premiers siècles de la nouvelle religion de disputes acharnées et fit couler des flots de sang : j'ai nommé le dogme de la double nature du Christ.

C'est le premier en date (et le plus fameux) des Conciles œcuméniques, celui de Nicée, en 325, qui trancha, d'extrême justesse et grâce à l'intervention personnelle de l'empereur Constantin, en faveur des catholiques contre l'arianisme, et qui donc obligea désormais les chrétiens à croire et à professer que le Christ Jésus est à la fois dieu et homme, pleinement dieu et pleinement homme, de même qu'il est à la fois pleinement Père, pleinement Fils et pleinement Saint-Esprit, sans cesser pour autant d'être unique.

Etant homme, Jésus subit toutes les conséquences de la condition humaine, entre autres il souffre et se tourmente dans la plénitude des souffrances de la chair et des tourments de l'âme, sans que sa nature divine intervienne pour le soulager. Ce n'est pas moi qui le dis, c'est le dogme. C'est bien pourquoi l'homme Jésus, flagellé, humilié, torturé et finalement cloué sur la croix d'infamie, supplice particulièrement horrible, nous est objet de compassion. Car, je vous le demande, en quoi serait attendrissant le sort d'un dieu qui se laisserait docilement supplicier tout en se réfugiant dans ses pouvoirs divins pour ne pas sentir la douleur ?

Participant à part entière de tout ce qui est humain, Jésus n'en connaît pas que les aspects désagréables. Cela va de soi. Son système nerveux et son psychisme d'homme ordinaire lui font ressentir aussi bien le plaisir physique, l'appel de la chair, la tentation... Jésus savait ce qui est bon. C'était même un gourmet averti : aux fameuses noces de Cana, lorsqu'il changea l'eau en vin, le résultat ne fut pas une grossière bibine, mais bien un cru excellent qui valut des compliments au maître de maison. Et quand la belle courtisane Marie-Madeleine répandait sur les pieds de Jésus un vase d'un parfum précieux, il savait apprécier...

Alors, dites-moi, pourquoi ce dieu, si pleinement homme lorsqu'il décidait d'être homme, eût-il été à l'abri des tentations qui sont le lot quotidien de l'humaine nature, en particulier des tentations de la chair, les plus vivaces de toutes ?

L'homme est ainsi fait que le péché l'environne,

que la tentation harcèle chacun de ses instants, et qu'il est d'ailleurs parfaitement libre d'y résister ou d'y céder, c'est toujours le dogme qui parle. Jésus, c'est-à-dire Dieu, le sait bien, puisque c'est lui-même qui nous a créés tels ! Nous répète-t-on assez que là réside la véritable grandeur du destin de l'homme dans toute sa tragique beauté, et que Dieu, c'est-à-dire Jésus, nous a fait là un magnifique cadeau, la plus belle preuve de son amour infini pour nous, je veux dire la possibilité de nous sauver ou de nous damner selon que nous sommes forts ou faibles devant la tentation.

Tant de sang a coulé, au long des siècles, pour réfuter les hérésies de ceux qui ne pouvaient admettre un Christ trop humain, qui l'eussent voulu un peu plus Dieu, un peu moins créature...

Oui, mais voilà... Nos pudibonds croyants veulent bien d'un Christ perdant son sang par mille plaies, gémissant sous le fouet, se tordant sur la croix... Ils veulent bien d'un Christ désespérant de son Père (lequel, entre parenthèses, n'est autre que lui-même, débrouille-toi avec ça !), d'un Christ lançant au ciel, du haut de la croix, le terrible cri : « Pourquoi m'as-tu abandonné ? » et souffrant toutes les angoisses de l'agonie... Souffrances d'homme, tentations d'homme, oui, mais des tentations AVOUABLES. Des tentations *décentes*. Décentes selon nos conceptions actuelles de la décence. C'est-à-dire non sexuelles. Des tentations qui ne fassent pas rougir la chaisière ! Des tentations qu'on puisse mettre entre toutes les mains ! Pas de tentations au-dessous de la ceinture. Quand le diable enlève Jésus dans les airs pour le tenter, que lui offre-t-il ? Des royaumes, de l'or, la puissance... Rien que du bien convenable. Pas un harem ! De la tentation signée Comtesse de Ségur, pour la Bibliothèque rose !

Homme pour la souffrance, mais tintin pour le plaisir ! Privé de dessert, quoi.

Je m'étonne donc qu'aucune voix chrétienne ne se soit élevée pour faire remarquer que Scorsese a fait là un film éminemment édifiant. Un excellent et très efficace ouvrage de propagande pour le christianisme. En poussant l'humanité du Christ jusqu'en des régions où l'on n'avait jusqu'ici pas songé à l'appliquer, il en a fait un être infiniment plus proche des pauvres faibles hommes que nous sommes. Un dieu faillible, un dieu copain, tout à fait propre à séduire des jeunes plus portés sur les chansons de Renaud que sur les austérités du catéchisme, quel formidable argument de séduction publicitaire ! Et un dieu entouré de belles filles aux cuisses terriblement efficaces ! Les cuisses font chaque jour, dans nos télés, dans nos magazines, la preuve de leur efficacité quand il s'agit de vendre des yaourts, des voitures, des eaux minérales ou des sels de bain... Pourquoi pas quand il s'agit de vendre du bon dieu ?

Les prêtres eussent dû faire un triomphe au film de Scorsese. Ils ont préféré hurler au scandale et allumer une petite guéguerre de religion, avec bonnes sœurs priant à genoux sur les trottoirs, croisés casseurs de gueules, enfants de chœur incendiaires... C'est sans doute parce que leur tactique pour les temps présents n'est pas le prosélytisme, mais la baston.

En somme, ils cherchent la bagarre, voilà. Tout leur est bon pour faire du bruit. « Eux », c'est-à-dire ceux qui mènent la danse. C'est-à-dire les intégristes et leurs alliés plus ou moins occultes. A défaut de guerre raciale, une petite guerre de religion peut faire l'affaire. Et voilà nos amateurs frustrés de nuits de cristal déguisés en chaisières pudibondes, faute de mieux. Mais, quand les chaisières retroussent leurs manches, on voit les gros bras pleins de poils.

Finalement, je ne vais tout de même pas pleurer. Le film tel qu'il est constitue un instrument de propagande religieuse plus efficace pour les temps actuels que « Quo Vadis » ou « Fabiola ». Les prêtres l'ayant décrété impie, satanique et caca, les âmes qu'il eût pu convertir vont s'en détourner. Eh, mais, ne devrions-nous pas nous réjouir, nous autres, ô mes frères incroyants ?

Chère angoisse

L'Univers roulait ses sphères, roulait, roulait, la vie naissait et mourait, naissait et mourait, et nul ne s'en doutait, nul capable de s'en douter n'existait, et la matière diffuse se condensait, les volcans surgissaient, les torrents bondissaient, les herbes fleurissaient, se fanaient, fleurissaient de nouveau, les bêtes naissaient, grandissaient et mouraient, et ça ne gênait personne, n'angoissait personne.

Il a fallu que survienne cette saloperie : la conscience. Et maintenant il y a quelqu'un pour contempler l'Univers, il y a quelqu'un qui sait qu'il est là, qu'il vit, qu'il vit très provisoirement, et qu'il va mourir : moi. La conscience est là, je ne peux pas faire qu'elle n'y soit pas, je ne peux pas faire comme si elle n'y était pas, je ne peux pas redevenir singe, ou chien, ou limace, ou caillou... La conscience est là, c'est-à-dire l'angoisse, en pleine gueule.

Heureux les croyants, ils ont réponse à ça. Ils ont réponse à tout. Ils ont leur morphine.

Heureux les croyants, mais je préfère mon angoisse et ses yeux grands ouverts.

Crois !

O aveugle !
O destructeur de toi-même !
Il est un chemin, et tu ne le vois pas.
Tu ne le vois pas parce que tu ne veux pas le voir.
Crois :
C'est le chemin.
Crois qu'il y a Autre Chose.
Autre chose qu'un tube digestif
Qui ne sera un jour, bientôt, que pourriture,
Autre chose qu'un éclair dérisoire
Entre deux néants.
Crois !
Crois, et tu seras sauvé.
Crois
En n'importe quoi,
Et tu seras sauvé.
Crois
En Dieu, en l'Homme, en ta Mission, en Toi-Même,
Crois,
Et tu seras sauvé !
Oui,
Mais croire est un remède
Qui ne fonctionne
Qu'à la condition
Qu'on ne sache pas
Qu'il n'est que ça :
Un placebo.

Les violeurs de cerveaux

Tantale

Les filles de la pub, dans le poste. Qu'est-ce qu'elles sont belles ! Et bandantes ! Bien plus belles même que la vedette du vrai film qui vient après (qui essaie de se faufiler entre deux « spots », plutôt). Elles n'ont que quelques secondes chacune pour nous balancer en pleine poire leur sourire, leurs seins, leurs cuisses, leur démarche à rotule, leurs cheveux de lumière, leurs yeux de promesses, leur bouche cannibale, leur inhumaine perfection, et, de ces quelques secondes, rien n'est perdu ! Du concentré, de l'efficace. Elles nous aiment, elles nous veulent, elles se donnent, elles s'ouvrent, elles se pâment, elles nous précipitent en moins de rien dans un état de rut dévastateur, et finalement, avec leur grand sourire gourmand, nous parlent lessive, ou yaourt, ou assurances-vie, ou sauce pour spaghetti, ou bagnole... Salopes !

Non, mais, tu te rends compte ? La reine de Saba qui débarque chez toi, te promène son cul sous le nez et t'allume à mort, pour finir par te proposer de la mayonnaise en tube ou des couches-culottes ? Salopes ! Salopes ! Salopes !

Démonstration

La plus éclatante, la plus implacable, la plus quotidienne démonstration de votre irrémédiable connerie, ô foules, c'est que la publicité vous fait acheter.

Incroyable, mais vrai. Ce harcèlement, ce martelage, cette persécution, cette obsession, ce décervelage, ce viol, ce sirop, cette goujaterie, cette vomissure, ces sourires répugnants de vénalité, ces « idées » laborieusement mises au point par des spécialistes de la psychologie profonde du connard tout-venant, cette bonhomie hypocrite, cette monstruosité rongeuse de vie, tout cela, non seulement vous le supportez, mais encore vous l'avalez, vous l'enfournez, vous vous en goinfrez, vous vous y plongez, vous le laissez couler en vous et vous emplir tout, ça vous dégouline par la bouche, par les oreilles, par les yeux, par tous les trous, avec, peut-être, parfois, soyons juste, un soupçon d'agacement, mais VOUS ACHETEZ ! Vous obéissez ! Au doigt et à l'œil ! Vous y courez ! Avez peur qu'il n'y en ait plus pour vous ! Tremblez de n'avoir pas à temps le tout dernier machin, la toute dernière bagnole, que le voisin l'ait avant vous ! Vous faites exactement ce qu'ils ont décidé que vous feriez, les mercantis, les fabricants de merde, les laveurs de cerveau, les tentateurs au nez rouge.

Vous qui ne supportez pas plus de dix secondes

la ténacité courtoise de l'Arbi croulant sous les tapis qui s'acharne à vous proposer son marchandage de souk lorsque vous prenez l'apéro à une terrasse, vous qui envoyez péremptoirement se faire foutre l'indigène avec, si ça se trouve, accompagnement de quelques injures plus ou moins finement allusives, et même, tiens, pourquoi se gêner, carrément racistes, eh bien, vous, vous à qui on ne la fait pas, ah mais, vous achetez de toute votre âme à ces emmerdeurs de haut vol, vous êtes fier qu'ils daignent vous envahir et vous coloniser, vous tenez à grand honneur qu'ils vous autorisent à payer leur camelote et à vous endetter pour une saleté qui sera hors d'usage ou démodée bien avant que vous n'ayez fini de liquider vos traites, c'est calculé pour.

« La publicité, qu'ils disent, c'est l'information du public. Dans ce monde complexe et plein d'embûches, le public doit être informé. C'est son droit strict. Et c'est notre devoir sacré, c'est notre mission, à nous, gens de la communication. » Car ils ne sont plus des « publicitaires », ça faisait camelot et avant-le-Déluge, il faut aujourd'hui du techno-branché mâtiné d'apôtre : « Communication »... Dressage, oui ! Mise au pas. Injection du réflexe conditionné qui projettera automatiquement la main vers l'emballage au « logo » imprimé de force dans l'inconscient.

Ils ont misé sur votre docilité moutonnière, et ils ont gagné. Ils ont fait de vous, foules, des hordes de chiens de Pavlov robotisés jusqu'à la moelle... On ne peut certes pas accuser la publicité d'élitisme ! Elle s'adresse aux masses, doit convaincre le plus grand nombre d'acheter des produits conçus pour séduire le plus grand nombre, et donc néglige la minorité, qui n'aime ni le produit passe-partout ni la façon de le vanter, pour faire porter massivement son effort sur la quasi-totalité du public, portion non seulement la plus nombreuse mais aussi la plus imbécile et en même temps la plus réceptive, celle chez qui le sens critique est complètement atrophié, celle qui achète parce que la fille de la télé est bandante, ou parce que le bonimenteur est sympa, ou pour être dans le vent, ou parce qu'on a su la faire rire ... Ah, ces petits sketches à l'« humour » pour mongoliens bavants qu'on vous balance sur la gueule en plein milieu du film ! Ah, le frisson érotico-frustrant des cuisses des belles nanas au sourire de pute entrevues le temps d'un spot... Le produit, on s'en fout. Dix sous de lessive emballés dans vingt balles de cartonnage et cinq cents balles de pub. Tous se valent. La concurrence ne peut jouer que sur la pub.

La publicité fait vendre, hélas ! Parce que nous sommes des veaux. (Pardon, les veaux, c'est une image, et qui marche. D'ailleurs, vous n'achetez pas, vous n'avez pas de pouvoir d'achat, aucun intérêt.) La pub, donc, fait vendre, et, conséquence, elle empêche ceux qui n'en font pas, ou qui en font moins, de vendre. La concurrence se réduit à une compétition entre « créateurs » publicitaires (Ils ont le culot de s'intituler comme ça eux-mêmes, ils ont pas la trouille !), entre trouveurs d' « idées », c'est-à-dire de trucs propres à accrocher un instant l'attention du badaud, à lui imprimer dans le mou du cerveau un nom, un graphisme. La qualité ? Oh, elle n'est pas exécrable. Jamais très bonne, non plus. En tout cas pas aussi incroyablement merveilleusement mieux que tout ce qui s'est fait auparavant, ainsi que le proclame la pub. L'usure de l'objet si vanté, si tellement en avance sur la plus pointue des techniques de pointe, si indestructible et tout et tout, cette usure est mathématiquement prévue, programmée, les points de faiblesse où se produiront les ruptures volontairement incorporés. Ce ne sera pas forcément l'organe essentiel, celui dont la pub clame si haut les performances, par exemple le moteur, qui flanchera, mais un infime bidule tout à fait secondaire, une petite bride de rien, une garniture de plastique... Et quand l'incident minime se produit, il entraîne le transport sur une décharge publique de tout l'appareil, car « la pièce n'existe plus en stock, nous ne suivons plus ce modèle, n'est-ce pas, mais nous avons celui-ci, tellement plus perfectionné (pardon : “ sophistiqué ” !), tout à fait haut de gamme... ». Vous connaissez la chanson. Cela s'appelle, chez moi, de la consommation forcée, et qui la pratique est un margoulin et un escroc, comparable au maquignon véreux d'autrefois qui vendait un cheval dont il maquillait les tares. (Les maquignons d'aujourd'hui s'appellent « multinationales ».) Nous sommes tous des otages dans les griffes des margoulins.

Il vaut donc mieux vendre de la merde formidablement « médiatisée » que de l'excellente qualité moyennement vantée. Les bons apôtres de la pub (ceux qui en vivent !) vont clamant, tout fiers d'avoir trouvé ça : « Le public est le souverain juge. La camelote ne se vendrait pas, même imposée par une campagne publicitaire gigantesque et géniale. » Invérifiable. Et grassement flatte-con : implicitement, on suggère au bon populo qu'il est bien trop malin pour se laisser avoir, et que par conséquent celui qui lui parle ne peut pas être une crapule, puisqu'il fait appel à son intelligence, à son bon sens, à lui, populo. Vieux truc de bateleur (et d'homme politique !) pour mettre dans sa poche l'honorable assistance.

La publicité fait vendre. C'est bien pourquoi se paient à coups de milliards les secondes de passage à la télé aux heures de grande écoute, c'est bien pourquoi les joueurs de football s'arrachent de club à club à coups de dizaines de milliards, c'est bien pourquoi journaux et magazines ne vivent que de la manne publicitaire, c'est bien pourquoi les Paris-Dakar et autres chienlits trouvent des « sponsors ».

Lorsqu'une vedette comme Yves Montand, sollicitée de donner son avis à la télé sur des questions de politique générale, exigea et reçut un fabuleux paquet de millions (je ne me rappelle plus combien au juste, et qu'est-ce qu'on en a à foutre ?), le bon public hurla au scandale, compara au S.M.I.C., méprisa le gourmand... Le bon public est un con. On le savait déjà, mais il fallut qu'une fois de plus il en donne la preuve spectaculaire. Pas un ne s'est dit : « Si on file à Montand ce paquet de fric, c'est parce qu'on estime que son numéro va faire monter le taux d'écoute à en péter l'audimat. Donc, le prix des secondes de pub va lui aussi sauter à la perche. Si l'on donne ce tas de bonne braise à l'artiste, c'est que son seul nom va en rapporter plusieurs fois autant aux organisateurs, c'est-à-dire à la chaîne de télé. » Qu'y a-t-il d'abusif là-dedans ? On est en système capitaliste dit « libéral », oui ou merde ? Vous voulez quoi ? Le communisme ? Votez Marchais, et quand vous aurez gagné, alors, oui, vous aurez bien raison de râler contre les super-cachets.

Supposons que j'aime le football. (Je ne l'aime pas. Enfin, pas comme ça. J'abomine le sport-spectacle, mais bon, supposons.) Je suis en train de suivre avec intérêt, avec passion peut-être, les péripéties d'un match à la télé. J'ai beau être captivé par le jeu, je ne puis empêcher mes yeux de décrypter et d'enregistrer les noms des marques qui s'étalent, énormes, colossales, sur le garde-fou tout autour de la pelouse. Je les reçois en pleine gueule chaque fois que la caméra les capte, c'est d'ailleurs bien pour cela qu'on les a collés là, les firmes ont payé des fortunes, s'il n'y avait pas ça, tout ce fric, il n'y aurait pas de match, et moi je lis, je ne peux m'en empêcher, mes yeux, enregistrent, mon cerveau déchiffre et traduit, « TIMEX », « OLIDA », « GRUNDIG », « BMW », « KAWASAKI », « OMO »... Et merde ! Ça s'enfonce en dépit que j'en ai dans ma tendre cervelle, ça s'y encoconne, y prolifère, me voilà envahi par ce virus dévorant. Encore une fois, c'est le but recherché, mais, bon dieu, on me viole, on me préfabrique, on me mécanise ! Et on m'emmerde. Car, moi, voyez-vous — vous, je ne sais pas —, moi, ça me rend enragé, ça me fout le meurtre aux pognes, ces putains de marques de fromage, de saucisson, de lessive, de bagnoles, de toquantes, de toutes ces merdeuses tentations, ça me brouille les yeux, me perfore le crâne. Ça me gâche le plaisir. Je hais les sales cons qui m'infligent ça, et dans la foulée je hais ceux qui fabriquent ces merdes et ceux qui les vendent. Je me jure sur la peau de mes couilles de ne jamais acheter aucune de ces saletés.

Comment, mais comment, nom d'un chien, l'effet de martelage publicitaire peut-il conduire à l'achat ? On me l'a expliqué, et très bien même, et plus d'une fois, c'est de la psychologie, il y a des écoles de pub où on vous apprend ça, n'empêche, ça me renverse toujours... Enfin, quoi, un homme normalement foutu ne peut tout de même pas se décider à acheter avec son pauvre pognon durement gagné sur les seules louanges dithyrambiques décernées par les fabricants à leurs propres produits ! Au contraire, même, cela devrait éveiller sa méfiance ! Mais encore, comment ne pas être maintenu en perpétuelle rage noire par cette agression sans trêve, cette obsession tonitruante, en bruit, en couleurs, en astuces lourdasses, qui salit chacun de nos instants, où la laideur, la tartuferie bonasse et surtout, surtout, la bêtise la plus grossièrement flatte-con s'étalent insolemment ?

Mettons-nous, disent les graves décideurs, au niveau du plus con, il est la masse, seule la masse compte, les quelques rares olibrius que ça décoiffe ne comptent pas, qu'ils se résignent ou se suicident s'ils trouvent la soupe trop dégueulasse. Et puis d'abord, ceux-là aussi sont une clientèle. Une clientèle marginale, mais une clientèle. Exploitable, comme l'autre. Et par les mêmes moyens, quoi qu'elle en pense. Simplement, il faut nuancer. « Cibler. » Adapter le tir à la cible. On va le leur faire à la différence. A l'élite. Question de vocabulaire. De ton. S'ils ont du fric, on leur vendra de la merde chère : champagne, caviar, bijoux, voitures « haut de gamme », éditions de luxe, tableaux... Snobissimo. Les « supports » seront des revues sur papier glacé, des catalogues de commissaires-priseurs, des invitations, des présentations... De la pub en smoking pour connards huppés.

Et puis, il y a les anticonformistes. Ceux qui ne font rien comme tout le monde. Fauchés, en général. On les aura, ceux-là, en exploitant justement ça : leur hautain isolement. Les écologistes sont des proies juteuses pour les margoulins de l'aliment « naturel », fait comme au temps de grand-père, à la sueur d'homme et au purin de vache... et vendu très cher ! Les dégoûtés de la science « déshumanisante » et de ses chimies seront pris en main par les gras charlatans des médecines « autres », par les inspirés de la tisane et du bain de siège, par les guérisseurs, les sorciers, les marabouts, les médiums, les Vierges de Lourdes et les maîtres à penser de l'Orient mystérieux. Les rêveurs d'utopie et de rénovation sociale par la pureté et la trique sont l'éternelle clientèle des extrêmes droites et des extrêmes gauches avec leurs leaders à « charismes ».

Les Coluche et compagnie ont beau vous plonger le nez dans votre caca, vous rigolez, vous dites « Ça, c'est tapé ! », et puis vous continuez. Comme des cons.

Il y en a pour tous les goûts, il y en a pour tout le monde ! Plein la gueule, gogos, avalez, gavez-vous ! Plus vite ! Plus vite ! Achetez, consommez, bouffez, rotez, pétez gras ! Vous que la pub ne fait pas dégueuler, vous qui non seulement achetez ses saloperies, mais POUVEZ LA SUPPORTER, vous êtes des ébauches inachevées, vous êtes des monstres, vous êtes des machines à dévorer le printemps et à le chier en merde. Je vous vomis.

Tenez, je vous offre une chance : on boycotte les annonceurs. Plus ils en font, moins on achète. Chiche ? Qu'ils crèvent, ces malpolis qui forcent notre porte, s'étalent chez nous, se vautrent sur les meilleures pages de nos journaux, rabaissent nos télés au niveau du jardin d'enfants, dégueulassent nos murs, nous sautent dessus quand on ne s'y attend pas et salopent nos plus belles heures !

Et toi, direz-vous, toi aussi, tu t'en sers, de la pub. Toi aussi tu vas faire le gugusse dans le poste quand tu as un bouquin à vendre. Ben, oui... On n'échappe pas au système. Même pour faire entendre un hurlement contre la pub, on est obligé de passer par la pub... J'ai l'impression que, ce bouquin-là, ils vont me le faire payer, les vaches !

Hit

Entendu à la télé, dans un de ces « hits » ou de ces « tops » où l'on jauge la valeur d'une chanson à la hauteur de la montagne de pognon qu'elle a rapportée au chauffeur : « Elle a atteint et même dépassé les vingt millions de disques vendus ! » Cela hurlé dans le micro avec écarquillement d'yeux et mimique d'extase suprême. Il paraît que ça prend sur les jeunes. On les façonne très tôt à être le troupeau, à se renseigner d'abord sur ce qu'aime le troupeau avant d'oser aimer.

Ariane

Vous rappelez-vous vos hurlements, lorsqu'il fut question d'introduire la publicité dans la télévision ? « Ah, non, alors ! Pas de ça chez nous ! Et d'abord, ça ne marchera jamais. Les Français ne supporteront pas. Moi tout le premier, je préfère me passer de télé que de subir ça ! »

Vous l'avez eue. Dois-je dire « dans le cul » ? Et vous vous écriâtes « Oui, mais ils n'oseront jamais nous coller ça en plein milieu du film, comme chez les Amerloques. Une goujaterie pareille, jamais les Français n'accepteront ! »

Et qu'est-ce que vous dites, aujourd'hui ? Vous râlez, vous baissez le son, vous n'osez pas zapper, vous avez peur de rater deux secondes du polar, et vos gosses, vous entendant renauder, par cet esprit de contradiction qui fait le charme de l'enfance, affectent d'adorer les spots pub et vous arrachent la boîte des mains pour augmenter le son, voilà comment elle vous baise, la pub, par un trou ou par l'autre. Soyez heureux, vos enfants seront de parfaits cons, bien conformes bien standard.

Mais vous piaffez, vous attendez les satellites qu'on vous promet depuis si longtemps, ces fabuleux satellites télécom qu'Ariane, la merveilleuse fusée européenne (traduisez « française », comme vous y invite le sourire entendu du gars dans le poste), va placer dans le ciel rien que pour vous transmettre des images infiniment plus fines, plus précises, plus performantes, plus... plus... Et il y aura quoi, sur ces images ? Du football. Du tennis. Du Tour de France. De l'Interville. Des Chiffrezédélettres. Des vieux Gabin. De la corrida. Du polar série B pour insomniaques. Et de la pub, de la pub, de la pub, éclatante ou insinueuse, éhontée ou hypocrite, mais toujours con à pleurer, de la pub, de la pub, de la pub... De la merde. De la merde haute définition.

Et alors ? Puisqu'on aime la merde, pourquoi n'exigerait-on pas de la belle merde ?

Fantasmes

La pub à la télé par des belles filles, c'est frustrant, oui, mais au moins on caresse de l'œil, fût-ce brièvement, de la bête de race, on se l'imagine à poil (si elle n'y est pas), on s'imagine soi farfouillant du groin dans une motte que rien n'interdit de supposer somptueuse, et moelleuse, et odorante, on peut même aller jusqu'à la branlette-éclair si on est du genre frénétique, c'est toujours ça de pris sur l'adversité, tout en n'en pensant pas moins que ce qu'elle vend, quoi que ce puisse être, elle peut se le foutre au cul, la chérie.

Mais quand on me balance un « spot » qui se veut comique et pétillant (un « gag », ça s'appelle. Merci.), avec un connard à nez rouge qui fait le charlot et se donne un mal de chien pour interpréter l' « idée » (à moi, les guillemets !) laborieusement pondue par ces spécialistes de l' « humour » nourris en batterie chez les « créateurs » publicitaires, là, j'explose. Je gueule et je postillonne : « Magne-toi le train, pauvre con, crache-la vite, la merde que t'as à vendre, et taille-toi, tu me gonfles, et de toute façon j'achèterai pas, na ! »

Oui. Je suis assez folklo, quand je regarde la télé. Un vrai régal pour l'amateur.

Pureté

Mais, nom de dieu, cessez de nous parler de lessives, de savons, de rides, de crème à raser, de shampooings, de cors aux pieds, de papier-cul, de matelas, de margarine, de trouille de grossir, de trouille du Sida, de pneus antidérapants, de cotiser pour ne pas crever à l'asile des vieux... Cessez de nous jeter à la gueule nos petits problèmes emmerdants, de nous rappeler obsessionnellement ce qu'il fait si bon oublier, de temps en temps, par exemple le soir, quand nous essayons de nous délasser devant la télé.

Que penseront de nous, de notre civilisation, les archéologues de l'avenir, si toutefois il y a un avenir et des archéologues dedans, de cette obsession de pureté : chiottes étincelantes, aisselles inodores, linge plus blanc que le blanc, eau pure de nos cellules, carrelages et parquets à se mirer dedans... et des colossales montagnes de déchets qui feront que la couche géologique correspondant au dernier quart du vingtième siècle occupera à elle seule une épaisseur plus grande que celle qu'occupent les trente millions d'années des roches de l'ère quaternaire ?

Notre civilisation : une jolie fille, pomponnée et maquillée, assise sur un tas de merde.

Et sur un tas de cadavres : ceux des peuples crevant de faim et de misère, ceux des animaux assassinés, torturés, pour notre confort, pour notre gourmandise, pour nos caprices.

Hommes-sandwiches

Depuis qu'ils ne portent plus à toute heure du jour le sacramentel veston, ils arborent tous sur le devant de la chemise, du polo ou du « tee-shirt », côté cœur, l'obsessionnel à hurler de rage petit crocodile vert. Les bons cons. Ils en sont très fiers. Symbole de haute civilisation. Il paraît qu'on l'imite tant que ça peut dans des ateliers sordides de Hong-Kong, de Taiwan ou de Calcutta, ce qui est malhonnête. Oh, mais, n'allez pas croire ! Monsieur Crocodile Lacoste fait le procès ! A tous les coups. On plagie beaucoup plus impunément « Les Misérables » ou « Guerre et Paix » que le crocodile de Monsieur Lacoste !

Qui oserait porter une liquette genre sport sans le crocodile au bon endroit serait réputé pauvre mec, minus, infréquentable. Non que ce saurien bâillant d'ennui soit un garant de qualité. Il l'a peut-être été, au début de la grande aventure, mais, comme dit le poète, où ai-je bien pu fourrer les neiges d'antan ? Ça n'a depuis lurette plus rien à voir. Le croco sur le palpitant est estampille de bon genre, clin d'œil entre gens qui ne se sapent pas aux Puces de Montreuil (quoique...), signe que le whisky, sur l'étagère du petit bar du salon, pèse ses douze ans d'âge en lettres mahousses sur l'étiquette dorée.

Tirons notre (symbolique) chapeau : nous assistons ici au triomphe absolu de la publicité. Au cambriolage par effraction sans douleur de tous les cerveaux d'une planète. Transformer les mâles superbes en hommes-sandwiches, faut le faire, Prosper ! En hommes-sandwiches non seulement consentants, mais empressés, mais fiers de l'être et cavalant à la soupe ! Appelons cela, pour montrer qu'on est dans le coup autant que quiconque, sponsorisation du cochon de payant. On le soulage de son oseille et on lui colle la marque (pardon : le « logo ») au cul... Tirons encore, pendant que nous y sommes, notre chapeau à ressort à Messieurs Vuitton, Adidas, à tous ces honorables marchands de peaux de lapin qui excellent dans ce sport consistant, ayant d'abord fait casquer le micheton, à le faire ensuite bosser, ni plus ni moins que ces professionnels adulés du « dépassement de soi-même » et du « recul des possibilités humaines au-delà de l'imaginable », comme dit le gars dans le poste, ces géants qui traversent des Atlantiques sur un fer à repasser ultra-« sophistiqué » (Faites-moi plaisir : haïssez ce mot, celui entre guillemets, oui, là, hurlez à la mort quand vous l'entendez, fendez à la hache le crâne superflu de qui le profère), ou qui s'échinent sur leur petit vélo dans les Galibiers du Tour de mon Cul (Vous avez vu ces nouveaux guidons de course ? Ils ont l'air de ne pas en être, de course, plutôt des mancherons de charrue, et c'est justement ça, l'astuce. A ton avis, c'est réellement plus rationnel ou bien c'est fait juste exprès pour que les vieux se sentent vraiment vieux ?) ou qui se traînent jusqu'au Pôle Nord à pied. (Les cons ! Remarque, les chiens se tapent tout le boulot, et l'hélicoptère avec la caméra virevolte juste au-dessus, tout le long du chemin. Tu y penses, à l'hélico et à la caméra, quand tu te dégustes « l'exploit » dans ta petite lucarne, les orteils à ras de l'écran ?)

Du moins ces hommes-sandwiches professionnels, ces « surhommes », se font-ils payer, eux, pour trimballer Adidas, Timex, Cannon, Chicorée Leroux ou Coca-Cola sur leur casquette, sur leurs biscotteaux, sur leur dos, sur leur bide, sur leurs miches et, va savoir, sur leur zizi tringleur, dans les glaces glacées du Pôle, parmi les grains de sable plein la raie du Sahara ou sur les sommets si pointus des Himalayas. J'espère en tout cas qu'ils se font payer, et très cher, par les margoulins-sponsors de mes deux, le privilège de transformer un individu apparemment humain en mur couvert d'affiches dont tout le monde n'a strictement rien à foutre (Devrais-je-t'y pas écrire plutôt « ...dont personne n'a... etc. » ? Je joue ici vicieusement de l'ambiguïté du mot « personne », bâtard que je pris naguère pour un adverbe alors qu'il n'est qu'un vil pronom, un sale péteux de pronom marchant à la voile et à la vapeur.)

Quand j'étais petit je n'étais pas grand, je montrais mon cul à tous les passants, bénissez-moi mon père parce que j'ai péché, et je portais un calot de soldat en papier « Pernod fils » le 14 juillet, c'est ce jour-là que les bistrots magnanimes en distribuaient aux mômes ravis de ces temps rustiques. Aujourd'hui, j'ai grandi, je ne montre plus mon cul qu'en privé et pas à n'importe qui, et j'arrache systématiquement le sale connard de petit crocodile vert de la liquette que je trouve dans la poubelle où je me fournis habituellement.

Question subsidiaire (pour départager les pas-d'accord) : Quel coureur cycliste, ou quel autre champion surhumain, osera se montrer avec, comme seule inscription sur sa personne, celle-ci, en grosses lettres : « Défense d'afficher, loi du 27 juillet 1881 » ?

Suprême

La pub, c'est tellement con, tellement con, que le plus con des cons, devant ça, se sent intelligent. C'est peut-être même là l'astuce suprême. Tout joice d'avoir trouvé plus con que soi, il devient indulgent, le con. Supérieur, tu vois ? Ses défenses tombent, il s'ouvre à deux battants, il est fait.

Mouais... Tu crois vraiment qu'ils seraient futés à ce point-là ?

Les jours qui passent

La charité au nez rouge

La charité a mis son nez rouge. La charité fait le pitre. Gluante, poisseuse, poissarde, elle dégouline des petits écrans, elle fait la retape et montre son cul. C'est pour les petits enfants malades, c'est pour la recherche, c'est sacré, c'est le Téléthon ! Il est tabou, n'y touchez pas.

J'ai honte. Honte de cette ostentation, de ce chantage au bon cœur, de ces « vedettes » se bousculant pour la photo de famille... Quoi, le budget de la France ne permet pas d'entretenir des chercheurs et de leur donner les moyens de se consacrer à lutter contre ces horreurs ? Il faut vraiment faire appel à la charité publique ? Mais alors, puisque le citoyen attendri donne de bon cœur à la quête, il donnerait aussi bien si on l'y invitait par impôt spécial ? Ah mais, non ! Ah mais, tu ne connais rien à l'âme humaine ! Il faut déclencher un grand mouvement du cœur par l'entremise des médias, avec flonflons, strass, vedettes et bonimenteurs, montrer les petits malades aux grands yeux tristes (pas trop tristes, quand même, on se les veut courageux et souriant crânement), bref, faire monter la mayonnaise, transformer la mendigoterie en championnat national...

Alors, pourquoi, quand il s'agit du budget de l'armée, se contente-t-on de majorer la feuille d'impôts ? Ne trouverait-on pas des vedettes prestigieuses, des généraux attendrissants, pour faire casquer, la larme à l'œil et chantant « La Marseillaise », des millions de « téléthoneurs » enthousiastes afin de « sponsoriser » les Pluton ou des armes encore plus « performantes » ?

Ça me rappelle quelque chose. Ça me rappelle Coluche. Coluche au printemps de 1981. Il s'était présenté aux Présidentielles. Soutenu par « Charlie-Hebdo », il avait atteint, quelques semaines avant l'élection, une cote imprévisible : douze pour cent, si je me souviens bien. Il devenait gênant, ce pitre. Risquait d'être l'arbitre futur. Soudain, les journaux cessèrent de parler de lui. Les audiovisuels lui furent fermés. Il organisa une conférence de presse, à l'Olympia. Tous vinrent. Il leur dit ce qu'il pensait d'eux. En termes extrêmement coluchiens. Résultat : silence total. Coluche laissa tomber. Avant de partir pour la Martinique, il me dit « Je vais me regonfler les accus. Mais tu verras : ils viendront me manger dans la main, ça, je te le jure. » Ils sont venus. A son heure, à quatre pattes, à plat ventre, ils se sont bousculés, ils se sont monté dessus, ils sont venus, bavant d'humilité, lui manger dans la main. Pas que les journalistes et les avantageux de la télé. Les écrivains, les bistrotiers élégants, les grands de la couture, du champagne, de l'industrie... De la politique, surtout ! Les plus grands. Pourquoi ? Parce que Coluche avait monté cette entreprise folle qu'il avait en tête depuis longtemps : les Restos du Cœur.

Je ne dis pas que Coluche n'était qu'un roublard, un cynique, qui n'avait combiné cela que pour se venger, oh, non. Coluche, lui-même ex-pauvre, avait vraiment du cœur, lui, et c'est bien pourquoi une telle idée ne pouvait venir que de lui. Il était sincère jusqu'au bout, et il l'a prouvé. Mais quelle belle revanche, non ?

Litanies

Vous,
les bonnes joues,
les heureux,
les forts,
les pétant de santé,
je vous emmerde.

Vous,
les décidés,
les décideurs,
les jeunes loups,
les fonceurs,
les gagneurs,
je vous emmerde.

Vous,
les malins,
les rusés,
les prévoyants,
les avisés,
je vous emmerde.

Vous,
les bons,
les charitables,
les braves types,

les cœurs d'or,
je vous emmerde.

Vous,
les béats,
les bons cons,
les innocents,
les dort-en-chiant,
les victimes,
les michetons,
je vous emmerde.

Vous,
les enfants,
les tout-petits,
les si gentils,
les si mignons,
les à-qui-tout-est-dû-
parce-que-vous-êtes-l'avenir,
je vous emmerde.

Vous,
les curés,
les ouailles,
les qui croient en Dieu,
les qui croient en Diable,
les qui croient qu'ils sont
plus et mieux qu'un chien,
je vous emmerde.

Vous,
les galonnés,
les médaillés,

les enképités,
les héros,
les rescapés,
les qui-avez-des-droits-sur-nous,
je vous emmerde.

Vous,
les mémères,
les chieuses,
les trop grosses,
les trop maigres,
les juste bien comme il faut,
je vous emmerde.

Vous,
les amoureuses,
les bovarys,
les insatiables,
les baise-moi-et-bonsoir,
les garde-moi-toujours,
les si-tu-me-quittes-je te tue-je me tue,
je vous emmerde.

Vous,
les jeunes,
Vous,
les vieux,
Vous,
les riches puants,
Vous,
les pauvres puants,

Vous,
les entre-deux mais tout aussi puants,
je vous emmerde,
                    je vous emmerde,
                                je vous emmerde !

Plus...

Plus on constate qu'on n'est pas comme tout le monde, plus on veut être comme tout le monde. Et c'est là l'immense connerie. T'as beau faire, tu n'y arriveras pas. Et tu vas te piétiner la vie. T'emmerder à crever, d'abord, parce que ce qui leur convient, à eux, t'emmerde à crever. Et puis culpabiliser, parce qu'au fond tu sais bien que tu frimes, que c'est du pas vrai, que ce sont eux, eux tous, tout le troupeau de cons, les milliards de milliasses, aussi nombreux soient-ils et le fussent-ils plus encore, c'est eux qui ont tort. Mais ils sont le Nombre, le monde est fait par eux, pour eux.

Tu es une erreur. Tu es en exil.

Tant pis pour toi.

« Right or wrong... »

« La vérité, tu veux que je te la dise ? Eh bien, la vérité, c'est que t'es pas de ton temps. Tu refuses d'accepter les choses telles qu'elles sont. Il faut vivre avec son temps, quoi. »

Il a tout compris, lui. C'est vrai, je ne suis pas de mon temps. Non, il n'a pas tout à fait tout compris. Je ne suis d'aucun temps. Ni de celui-ci, ni d'un autre. Je n'ai le regret ni la nostalgie d'aucune époque du passé. J'y aurais souffert et brûlé exactement comme dans celle-ci. Je suis exilé dans le temps. J'emmerde le temps et ceux qui sont bien du leur.

« Etre de son temps »... Aussi con, dans un autre registre, quoique finalement pas tellement éloigné, que le si fameux « Right or wrong, my country ! » « Qu'il ait tort ou raison, c'est mon pays » si tant prisé, si tant prôné par les fins gourmets amateurs de ces paradoxes crânes qui font dans l'audace bien-pensante et sans danger. Et moi je dis : « Si mon pays se conduit comme une ordure, il n'est plus mon pays. » Je l'ai d'ailleurs dit, écrit plutôt, il y a bien longtemps, c'était à l'école, on nous avait filé ça comme sujet à la compo de rédac, on nous faisait comprendre que c'était là une sublimité à se mettre à genoux devant, vous voyez le genre : « Commentez cette pensée de George Washington (ou de Benjamin Franklin, ou de Laurel et Hardy, j'ai oublié...) : « Right or wrong... etc. » J'ai eu tout faux.

« Mais, rétorquerait (en anglais) l'illustre auteur de l'altière dégueulasserie ci-dessus, mon pays ne PEUT pas avoir tort, puisqu'il est mon pays. »

Ben, voyons. Et ceux d'en face ? Pareil chez eux, n'est-ce pas ? Ça, c'est leurs oignons. Veux pas le savoir. Il y a MON pays, et le vide autour. Aussi con qu'un chrétien bouffé par les lions. D'ailleurs, il aurait certainement été capable de s'y faire, bouffer, rien que pour n'en avoir pas le démenti, il devait être de cette sorte de gens... C'est avec de pareilles séduisantes saloperies qu'on fabrique cette pseudo-morale de l'honneur, si faraude de violer le sens commun et d'aller à l'encontre de la morale de tous les jours, de la bonne grosse morale pour nous autres croquants, à l'encontre, aussi, de la simple justice et de la claire logique (plus ça paradoxe, plus c'est beau !). C'est avec ça qu'on justifie n'importe quoi, qu'on envoie tuer et se faire tuer des peuples entiers, chevaux compris.

On choisit bien sa femme, pourquoi pas sa patrie ? Je t'ai choisie, France. Attention à ne pas me décevoir ! Sur le chemin de l'honneur (que je n'appelle pas comme ça, moi, mais faut bien se mettre à la portée), file droit, ma poule.

Les crocodiles ont la bombe !

Je suis de plus en plus convaincu que l'homme — l'espèce humaine — est la malédiction de cette planète. Assez évolué pour avoir ajouté la conscience — la raison — au jeu des pulsions instinctives, pas assez pour que cette raison ait asservi ces instincts, les ait réduits au silence, tout au moins à l'obéissance. Et ce sont les instincts, les pulsions brutes, qui mènent les hommes, et qui ont asservi la raison. La raison (l'intelligence, la réflexion, la conscience, appelle ça comme tu voudras) croit tenir le gouvernail, alors qu'elle n'est qu'un instrument entièrement soumis aux toutes-puissantes pulsions animales. C'est pourquoi toute société humaine est vouée à l'injustice, à la brutalité, à la corruption et, depuis qu'elle en a les moyens (depuis que la raison raisonnante lui en a fourni les moyens !) à l'autodestruction.

La raison n'est tolérée qu'en tant que fournisseur d'armes, de stratégies, de justifications, de prétextes, d'idéologies. Le bon droit est du côté des vainqueurs, après coup.

La distance est énorme qui sépare la faculté pensante de l'homme de celle du plus évolué des mammifères après lui. Enorme, et cependant insuffisante. L'animal vit, mais ne sait pas. L'homme sait, mais pas assez. Pas au point que cette faculté pensante ait pu prendre les commandes. Le « cerveau reptilien » du petit père Laborit est le plus fort, le seul déterminant. L'homme est un crocodile possédant la bombe atomique.

Peut-être était-ce fatal. Peut-être le développement de l'évolution doit-il obligatoirement passer par ce stade où la pensée, fantastiquement développée, coexiste avec les pulsions irraisonnées qui furent salvatrices aux stades purement instinctifs. Mais alors, puisqu'il y a possession des moyens de destruction universelle avant d'avoir atteint le stade suivant, celui où ce que j'appelle la « faculté pensante » commanderait absolument le comportement humain, alors il y a là un goulot d'étranglement, et jamais ce stade béni ne pourra être atteint. Il eût fallu que le colossal saut quantitatif qui sépare l'homme de l'animal et dont le résultat fut l'émergence de la pensée raisonnante fût plus colossal encore. Il ne l'a pas été. L'homme reste à mi-chemin entre la bête et l'ange. Il va très probablement en crever, et beaucoup d'espèces innocentes avec lui.

On sait à peu près comment la vie commence, comment elle se développe. Doit-elle toujours, obligatoirement, finir ainsi ? Ce n'est pas impossible. C'est même fort probable. Pour ce qui nous concerne, je veux dire la vie telle que nous la connaissons sur cette foutue planète, c'est même à peu près certain. Je ne vois pas ce qui pourrait détourner les foules de plus en plus denses, de plus en plus ignares, de plus en plus imbéciles et fières de l'être, menées par des individus à peine moins frustes qu'elles-mêmes mais tout aussi livrés à leurs instincts crocodiliens, de courir joyeusement à la catastrophe. Ça ne me fait pas plaisir.

« Il faut les prendrent... »

La voici donc, cette réforme de l'orthographe tant annoncée, tant attendue, tant redoutée. Comme il était à prévoir, elle porte sur des broutilles, tombe à pieds joints dans le ridicule, n'aide en rien les cancres et ne fait que compliquer la vie à ceux pour qui l'orthographe ne posait pas problème sans adoucir les affres des autres.

Supprimer les circonflexes (si éloquents !), « simplifier » le pluriel des noms composés au mépris de la logique et semer les traits d'union à la volée, quelle révolution ! Je suis pour ma part bien décidé à n'en tenir pas compte et à persévérer dans mes désormais fautives mais si charmantes et si chères à mon cœur « monstruosités » orthographiques. Correcteur, attention, pas touche !

Je l'ai déjà crié *, je le crie encore : on gâche le plaisir aux amoureux de la langue, aux fervents de l'écrit, pour que les imbéciles et les paresseux décrochent un bac au rabais, pour que des gens qui ne liront ni n'écriront jamais puissent tant bien que mal ramasser dans le ruisseau ce lambeau de papier qu'on ferait aussi bien de distribuer sans examen.

Pécher par l'orthographe n'est pas pendable. A moi-même, professionnel de l'écrit, il arrive de

* Dans *Mignonne, allons voir si la rose,* aux éditions Belfond.

trébucher sur un mot peu courant. Et alors ? Juge-t-on quelqu'un sur sa façon d'écrire « châtaignier » ? Bien sûr que non, ou alors on n'est qu'un foutu cuistre. Pourtant, je suis heureux que ce mot si familier, si bénin, soit un coquin qui d'avance pouffe de voir l'innocent tomber dans le piège de ce « i » malicieusement introduit là où il n'a, apparemment, que faire.

Ce n'est pas d'orthographe malmenée que la langue se meurt, mais bien de grammaire à vau-l'eau. Or, si l'orthographe dite « d'usage » n'est qu'affaire de mémoire et, aussi, d'une pointe de prescience étymologique, la grammaire, elle, procède de la nature profonde de la langue, elle est son mécanisme et son esprit, la mettre à mal est assassiner la phrase française. Je pardonne les fautes d'orthographe, je ne tolère pas le massacre de la grammaire, ni celui de la syntaxe. Une virgule mal placée fait immédiatement surgir devant moi le mufle de l'imbécile. Je sursaute, je pense « Le con ! » et, à partir de là, tout ce qu'il a pu écrire m'est suspect, il ne peut que penser aussi stupidement qu'il s'exprime. « Ce que l'on conçoit bien s'exprime clairement », et vice versa : si l'on s'exprime comme un cochon, c'est qu'on a du fromage blanc à la place des hémisphères.

Sait-on que des dadais de dix-huit ans écrivent (et écriront toute leur vie) « Il faut les prendrent sur le fait » ? « Parce que, disent-ils, ils sont plusieurs, alors je mets le verbe au pluriel ». C'est pas gravissime, ça ? J'ai lu, à la devanture d'une librairie — d'une librairie, parfaitement, et une grande ! — « Ne pas touchez aux livres ». J'ai lu dans un magazine : « Les fleurs que vous allez plantez »... J'arrête. Je bous. Il s'agit bien là de passé simple et d'imparfait du subjonctif !... Tiens, à propos de passé simple. Une prof de français a eu le culot d'affirmer doctement à ses élèves : « Le passé simple est un temps archaïque qui ne s'emploie plus. Inutile de l'étudier. » Mais d'où sort-elle, la pompeuse andouille ? Tous — ou presque tous — les livres de narration sont conjugués d'un bout à l'autre au passé simple ! « Ils marchèrent longtemps, enfin ils parvinrent au lieu du sacrifice... etc. » Voulait-elle dire que c'est devenu un temps « littéraire », c'est-à-dire réservé à l'écrit ? Qu'elle le dise, alors, et même qu'elle le déplore, mais qu'elle ne rende pas la littérature tout entière, y compris les rapports de gendarmes, incompréhensible pour les malheureux qui seront passés par ses pattes destructrices.

Brossage scientifique

Se laver les dents. Quelle corvée imbécile ! Des contorsions hors nature qui ne deviennent jamais machinales, comme par exemple se moucher, ou se raser, ou enfiler ses chaussures. La brosse à dents ne sera jamais l'outil docile, le prolongement naturel des doigts, idéalement adapté à la géographie tourmentée de la bouche... Je suis sûr qu'on se fout de nous. Je me suis toujours lavé les dents ainsi qu'il est prescrit, scrupuleux jusqu'à l'ascèse, beaucoup plus assidu, en tout cas, que la plupart, faisant bi-quotidiennement violence à ma flemme et à ma répugnance. Le résultat est que toute ma vie j'ai cultivé les caries comme personne et que si j'ai encore par-ci par-là quelques piliers branlants à quoi accrocher des bridges je le dois exclusivement à l'ingéniosité et à l'agilité des doigts de mon dentiste. Je vous envoie l'adresse sur simple demande formulée poliment. Disons les choses abruptement : la brosse à dents ne sert pas à grand'chose, le dentifrice strictement à rien. Bien sûr, si tu pues de la gueule, ça peut te tranquilliser, mais comme, en fait, la puanteur vient de l'estomac, tu n'arrives qu'à masquer l'horreur, très provisoirement, et puis, deuxième temps, à superposer l'effluve mentholé aux miasmes de ton cloaque intime, ce qui est à peu près aussi abominable que l'odeur d'un mégot froid de tabac à la menthe noyé dans des chiottes d'usine. C'était une parenthèse, fermons-la et ouvrons la fenêtre, tu as tout à fait raison.

La brosse à dents, je l'atteste, ne sert qu'à nous tranquilliser la conscience, à nous endormir la culpabilité. Cinq à dix minutes de corvée avant de se coucher, l'homme a fait son devoir, il peut creuser son trou dans le matelas ou honorer bobonne. C'est pourquoi les honnêtes femmes ne connaissent de l'amour que des baisers mentholés. Heureusement, il y a les cinq à sept. Mais peut-être les amants se lavent-ils les dents, avant? Pauvres femmes !

Enfin, bon, on s'est brossé la bouche bien à fond, deux minutes en haut, deux minutes en bas, six minutes pour le haut et le bas de l'intérieur, qui exigent un mouvement tournant du poignet assez acrobatique (Et de toute façon il est impossible de se brosser sérieusement la face interne des dents, tous les crapuleux mensonges des hygiénistes à la solde des puissants trusts du dentifrice ni leurs schémas habilement truqués n'y peuvent rien), puis un coup sur le plat des molaires, puis un rinçage à borborygmes... Nous aspirons une grande goulée, le fourbe menthol abondamment prodigué dans la pâte suscite sur nos papilles abusées une artificielle sensation de fraîcheur que notre cerveau docile associe à des idées de pureté, le con. Ceci nous conforte dans notre conviction d'avoir massacré les hideux germes jusqu'à la queue du dernier. Du rituel à la mystique, la frontière est floue. L'hygiène dentaire est une religion, une religion de salut dont la brosse à dents est le Messie.

Ce qui surtout me rend odieuse la corvée, outre ma chère paresse violentée, c'est le côté sous-off moralisant de la chose : « Ah, dame, si l'on veut garder ses dents, il faut se donner du mal ! On n'a rien pour rien ! » Et voilà maintenant qu'il est devenu nécessaire non seulement de se laver les dents deux ou trois fois par jour, mais encore d'observer très scrupuleusement le nouveau rituel, qui abolit et ridiculise l'ancien. Or, plus ça va et plus ils le rendent acrobatique et inhumain, le rituel. Vous vous brossez les dents horizontalement, de gauche à droite et vice versa ? Quelle tragique erreur ! Vous avez toujours procédé ainsi ? Alors, mon ami, pardonnez-moi si je suis brutal, mais c'est exactement comme si vous ne vous étiez jamais lavé les dents de toute votre vie. Ecoutez-moi, regardez attentivement et tâchez de comprendre : il faut, utilisant une brosse profilée selon la courbure capricieuse de votre denture, opérer un mouvement vertical — attention, je dis bien : vertical — et légèrement rotatif, allant de l'extrémité masticatoire de la dent vers sa racine, de façon que les poils pénètrent aisément jusqu'au fond du sillon gingival et le débarrassent des matières indésirables qui s'y amassent, puis, inversant le mouvement, vous balayez largement de la gencive vers le tranchant de la dent, chassant ainsi ces matières détritiques loin du périlleux terrain où elles se préparaient à donner libre cours à leurs coupables putrescences. En haut face externe, en haut face interne, en bas face externe, en bas face interne, et enfin surfaces masticatoires. Rincez.

C'est lumineux. C'est rigoureusement infaisable.

Surtout les faces internes, surtout celles du haut. Vous avez beau vous contorsionner, vous tétaniser les muscles faciaux, vous désarticuler les vertèbres cervicales, vous n'arriverez qu'à vous coller un violent haut-le-cœur et vous n'aurez jamais l'impression gratifiante d'avoir fait place nette dans tous les recoins. Vous sentez les microbes grouiller et se dérober, vous les entendez ricaner. Vous culpabilisez, donc. Vous vous dites « Le voisin y arrive, je dois y arriver », mais vous n'y arriverez pas, personne ne le pourrait, fût-ce le revolver sur la nuque. Ou peut-être une fois, la toute première fois, si vraiment vous êtes consciencieux et entraîné aux exercices physiques. De toute façon, à la fin de l'épouvantable séance, vous envoyez la brosse à dents virevolter par les libres espaces et vous vous jetez tout sanglotant sur votre lit en serrant très fort dans vos bras votre cher vieux nounours en peluche. Il n'y a jamais de deuxième fois. Après une assez longue période de total découragement, on finit par acheter une brosse à dents tout à fait quelconque sur le marché et on revient au bon vieux rituel inefficace. Après tout, l'essentiel, c'est le goût de menthe dans la bouche, nous sommes bien d'accord.

Pourquoi, je vous le demande, pourquoi être simplement en bonne santé exige-t-il un effort ? Quel sadisme boy-scout y a-t-il là-dessous ? Quel minable salaud a-t-il voulu qu'il en soit ainsi ? Si Dieu existait, je lui dirais ce qu'il est. Il y a des moments où l'on voudrait qu'il existe, pour l'engueuler. Pourquoi, si l'on ne se lave pas, est-on sale ? Pourquoi, si l'on fait ce qu'on aime, est-on malade ? Pourquoi, si l'on n'est pas très travailleur, très économe et très prudent tout au long de sa vie, se retrouve-t-on sur la paille ? Pour faire plaisir à quel pète-sec ? A quelle peau de vache ? A quelle marâtre sans cœur ?

Je trouve abominablement injuste d'être obligé de travailler pour ne pas crever. Il me semble que je ne détesterais pas le travail s'il ne m'était pas imposé. De temps en temps, quoi. Et attention ! Il faut avoir l'air d'aimer ça, d'en être gourmand, d'y trouver son extase suprême ! Surtout ne pas être le feignant qui se force ! C'est qu'ils te guettent, les autres, ces fumiers.

Quelle saleté, cette malédiction ! Les ours, dans leurs forêts, tu crois qu'ils travaillent ? Et les lapins, et les poissons, et les tits zoizeaux ? Il est vrai qu'ils ont une autre malédiction : l'homme. La pire.

Les gars qui ont écrit la Bible avaient très bien compris. Eux non plus n'aimaient pas ça du tout. Ils ont arrangé le coup en mettant la chose sur le compte de leur dieu : « Tu gagneras ton pain à la sueur de ton front. » Une punition, quoi. Nous sommes des taulards, la Terre est un bagne, nous sommes condamnés à perpète parce que Adam et Eve ont volé une pomme... Un dieu comme ça, c'est un voyou. Capable de tout. On ne peut pas lui faire confiance. Ne tourne jamais le dos !

« Tout se gagne, tout se mérite. » Les gagneurs nés sont bien d'accord. En plus qu'ils gagnent, ils ont la vertu pour eux et l'admiration des foules. La morale les sanctifie. Meilleur que tout, ils ont la haine des perdants et l'envie des impuissants. Les vaincus ne font pas seulement tintin à la porte du banquet, ils essuient le mépris du monde et le leur propre. Ils n'ont pas fait tout le possible. Ne se sont pas fait souffrir assez...

C'est pas un monde de sales cons, ce monde-là ?

Savoir déjeuner

Oh, que m'énervent donc les symbolismes et les rituels, tous ces pauvres efforts, toutes ces pacotilles que l'homme multiplie pour magnifier les moments de sa vie ! Tiens, la bouffe. La table dressée, ses cristaux, ses porcelaines, l'argenterie, les fleurs, l'ordonnance du repas, son cérémonial, la gastronomie, l'art de marier vins et mets... Cette envie que j'ai d'attraper la nappe par un bout et de tout envoyer en l'air ! D'avance je vois ça « après », le gras figé, les os rongés, les fonds de vinasse, la tristesse de la vaisselle sale... Même si ce n'est pas moi qui la lave. Je suis bien content de ne pas être japonais : je n'aurais jamais supporté leur putain de cérémonie du thé, si tant vantée par les gens de goût et néanmoins grands voyageurs... J'ai faim, j'attrape le saucisson, j'arrache un tronçon de pain, et je bois n'importe quoi, pourvu que ça coule... Une brute, quoi ? Non, monsieur le Français raffiné : un paresseux. Qui estime que rien ne vaut l'économie de gestes et de chichis. Mais, et la convivialité, dans tout ça ? Oh, je n'aime pas parler la bouche pleine. Quand il m'arrive d'être invité (on ne parvient pas toujours à refuser, en tout cas pas plus de trois fois de suite), j'écoute, je parle, je ne mange pas. Ou j'avale de travers. La convivialité, d'accord, mais en dehors des repas. Quel sadique a inventé les repas d'affaires ? Eh oui, vous savez maintenant pourquoi je ne suis pas un grand de ce monde : je ne sais pas déjeuner.

Condoléances

Il ne se passe pour ainsi dire pas un jour sans que l'un ou l'autre me dise, avec la mine de circonstance : « Ah, « Hara-Kiri », quel dommage !... Ah, « Charlie-Hebdo », quelle perte ! Vous fûtes (le passé simple convient aux condoléances : l'accent circonflexe, sans doute, qui fait deuil), vous, donc, fûtes l'éveil de nos adolescences, vous nous enseignâtes le doute fécond et l'irrespect vengeur. Sans vous nous ne serions pas tout à fait ce que nous sommes. Hélas, hélas, vous n'êtes plus ! » Et ce lucide quadragénaire de pousser un gros soupir, puis d'ajouter, l'œil sagace : « De toute façon, ça ne pourrait plus marcher, aujourd'hui. La société n'est plus celle des années soixante-dix. Elle a évolué. Elle a rattrapé « Hara-Kiri » et « Charlie-Hebdo ». Vos audaces sont devenues monnaie courante. On peut rire de tout. Le cul n'est plus tabou. Le porno va plus loin que vous n'êtes jamais allés. Vous fûtes une grande chère belle vieille chose, et sans doute êtes-vous pour beaucoup dans l'évolution des mœurs, mais bon, cette évolution est faite, votre verve ravageuse n'aurait plus d'aliment, finalement vos journaux sont morts de leur belle mort, ils trônent au musée en compagnie des cols durs et des moustaches en guidon de course, versons une douce larme de nostalgie et vivons avec notre temps, notre temps qui n'a plus besoin de bouffons bêtes et méchants. »

Et vas-y donc ! Quoi de plus atterrant que de recevoir des compliments qui vous prouvent qu'on ne vous a absolument pas compris ?

La « société de consommation », dénoncée, raillée, traînée dans la boue par « Hara-Kiri » (L'explosion de soixante-huit aurait-elle eu cette allure et ces mots d'ordre si « Hara-Kiri » n'avait pas, contre vents et marées, sévi tout au long des huit années qui la précédèrent ?), la saloperie de société de consommation triomphe aujourd'hui, l'ordure, à plein groin. Le bonheur par le fric, les loisirs par le fric, la réussite par le fric, l'adulation des surhommes faiseurs de fric, propulsés par la publicité, cette putain fardée violeuse de cerveaux, ne posent plus problème : ce sont les idéaux de tout un chacun, et surtout des jeunes.

Entendre proclamer que les mœurs ont « rattrapé » les audaces de « *Hara-Kiri* » me donne envie de courir me cacher pour pleurer dans un coin. Entendre ça, oui, et dans la bouche de ceux qui furent — qui, en tout cas, s'affirment — vos fervents, vos émules, voilà qui prouve mieux que n'importe quoi que nous avons piteusement échoué dans notre ambition de débarbouillage des mentalités, de déboulonnage de la connerie. Il reste que nous avons bien rigolé.

Alors, comme ça, il n'y a plus place pour la critique ? Plus rien à critiquer ? Tout baigne ? Tout est permis ? Parce qu'elle a jeté du lest sur des points mineurs, la grande salope est soudain devenue « permissive » ? Parce que le cul est devenu anodin (Attends, pas pour longtemps, la réaction est en route...), parce que même la télé imite (essaie d'imiter) le « style » « Hara-Kiri » en se moquant (gentiment) de la pub, des vedettes, de la politique... Parce que des tas de guignols osent aller gaillardement « jusqu'où on peut aller trop loin », comme disait, tout fier d'avoir trouvé ça, l'autre lèche-cul patenté... Fermez-la, bonnes gens, bonnes pommes, vous n'avez rien vu, rien compris.

Le cul, c'était le superficiel, l'appât, l'audace, oui, l'audace, car, à l'époque, c'est là-dessus qu'on nous condamnait, nous méprisait, nous faisait ces procès acharnés, obsessionnels, dont finalement nous sommes crevés. Sait-on seulement encore ce que veut dire le mot « obscène » ? Sait-on la terrible hypocrisie, la fantastique escroquerie et les possibilités scélérates qui se cachent derrière la trop peu connue loi sur les « publications suceptibles d'être dangereuses pour la jeunesse » ? Non, on ne sait pas, et on s'en fout.

Sans cesse on entend dire qu'un tel « fait » du « Hara-Kiri », que tel autre en « fait » aussi, mais en « beaucoup plus fort », qu'il va « beaucoup plus loin »... Et alors tu écoutes, tu regardes, tu lis : des gags. A la rigueur, des idées. Souvent de la grossièreté. Toujours de la vulgarité, la seule vraie : l'indigence d'esprit, la pauvreté d'inspiration, quand ce n'est pas le plagiat pur et simple. Ils n'ont rien compris. Pas compris qu'au-delà de la provocation, la justifiant, l'inspirant et la nourrissant, il y avait l'INDIGNATION.

« Hara-Kiri » et « Charlie-Hebdo » étaient des journaux de colère et de révolte. Ne ricanaient pas pour ricaner, mais cognaient là où ça faisait mal, grattaient les plaies jusqu'au sang, tordaient le groin du monstre... Qui, aujourd'hui — c'est juste un exemple — oserait, parodiant les affiches d'une puissante campagne publicitaire, montrer une boîte de soupe Liebig et imprimer : « Ouvrez, sentez, c'est déjà de la merde ! » ? Qui oserait ôter le chapeau qu'une Dalida à poil posait sur son barbu ? Qui oserait rire d'un rire énorme et sacrilège de la sœur Truc ou de l'abbé Machin, de toute cette charité sirupeuse et dérisoire avec quoi on endort les velléités de mauvaise conscience du cochon repu moyen ?

« Hara-Kiri » et son prolongement hebdomadaire « Charlie-Hebdo » furent les premiers journaux à militer pour l'écologie, les seuls journaux non spécialisés à se battre, et sans concession, contre ceux qui torturent, maltraitent ou abandonnent les animaux, contre ceux qui tuent pour faire joujou (« Chasseurs = Gros Cons ! »). Fournier, Reiser, Coluche, où êtes-vous, mes frères ?

L'esprit, le talent, les idées, cela ne suffit pas, non plus que le propos délibéré d'épater ou de choquer. Il y faut une vision du monde, un intérêt, une curiosité, un sens de la logique et de la justice, qui font que chaque stupidité, chaque injustice, est ressentie comme une monstruosité qui donne envie de hurler et de se battre, et alors l'humour, l'humour forcément féroce (en est-il un autre ?) devient l'arme efficace de l'indignation. Quoi qu'en disent les veaux sentencieux qui, d'ailleurs, ne les ont jamais lus, « Hara-Kiri » et « Charlie-Hebdo » n'étaient pas animés par le besoin forcené de scandaliser le bourgeois. Ils choquaient parce que l'absurdité féroce docilement acceptée nous choquait, nous. Ce sont les béats, les nouillards, les sans-problème, bref, les conformes, qui acceptent l'absurde et l'horrible comme normaux et « naturels » parce qu'ils sont quotidiens, institutionnalisés. L'habitude leur a fermé les yeux, la résignation les a endormis... Et la tradition, tiens, autre salope de première grandeur !

La société de consommation triomphe désormais sans opposition, plus absurde, plus factice, plus injuste, plus destructrice que jamais. Au fameux slogan (qui me fut tant reproché !) « La publicité nous prend pour des cons, la publicité nous rend cons », j'ajouterais aujourd'hui : « La publicité pourrit tout. » Le sport, la caricature de sport qu'est devenu ce spectacle de professionnels surentraînés et surpayés, n'est exalté que comme support de publicité et de magouilles malpropres, la télé est indigente à cause des exigences de la publicité : la course à l' « audimat », au plus grand nombre de téléspectateurs, c'est-à-dire aux plus cons, conduit à se mettre à genoux, que dis-je : à plat ventre devant le con moyen tout-puissant, et c'est l'avalanche de jeux ineptes, d'horoscopes, de gourous et de médiums « new age », de concours navrants de connerie où l'on appâte le gogo avec un étalage de clinquant de supermarché comme naguère le Blanc roublard appâtait les « sauvages » avec de la verroterie.

La société du fric tout-puissant a triomphé. L'Est demande « Pouce ! » et ouvre bien larges les cuisses au capitalisme. Ce sera la curée. Les seigneurs de cette nouvelle féodalité sont déjà en place : ce sont les multinationales existantes et les aventuriers de la finance capables de forcer leur place parmi les requins. Et il y aura, il y a déjà, la masse des pauvres cons, divisée en deux catégories : ceux qui auront un travail, ceux qui n'en auront pas... et qui seront, qui sont déjà, des assistés, râleurs, illettrés, à qui tout est dû, qui s'emmerdent à crever, adorent « foutre la merde », formidable outil pour qui saura s'en servir.

Oh, certes, il y aurait à dire et à hurler, pour un « Hara-Kiri » d'aujourd'hui. Mais il lui faudrait, plus que jamais, du poil au cœur et des couilles au cul. Sans compter le talent, bien sûr. Ce qui ne peut pas faire l'affaire de petits rigolos à la recherche d'un marchepied pour « réussir », c'est-à-dire faire du fric, très vite, et se faufiler dans le système, se hisser au niveau des « gagneurs ». Gagneurs de merde... « Hara-Kiri » ne fut pas conçu et propulsé par des jeunes loups affamés de consécration financière et sociale, mais par des indignés, des nonconformes, des voyous de génie. Tant pis si les délicats à nœud papillon me taxent d'autosatisfaction. « Hara-Kiri » et « Charlie-Hebdo » furent l'œuvre de voyous de génie qui n'avaient d'autre ambition que de réussir quelque chose de très beau. L'idée d'infléchir la « ligne » dans un sens plus « grand public », quand le plein fut fait des lecteurs purs et durs, ne les effleura jamais. C'est pourquoi ils triomphèrent. C'est pourquoi ils sombrèrent.

P.-S. Coïncidence ! A peine ai-je écrit ceci, j'apprends que le titre « Hara-Kiri » vient d'être vendu aux enchères par décision judiciaire, suite au dépôt de bilan de l'entreprise. Je suppose que celui qui l'a racheté (pour une poignée de cerises !) va triomphalement jeter sur le marché un ersatz tonitruant et plein de cul avec du poil autour pour distraire les troufions... On se crève la jeunesse à créer une légende, ce sont les margoulins qui raflent la mise. Hein, Fournier, hein, Reiser, qu'en pensez-vous ?

Dernière minute. De mieux en mieux ! Le gougnafier qui a osé racheter le titre et mettre ses pieds sales dans nos pompes aurait l'intention, profitant des heureuses résonances qu'éveille le titre dans le public, d'en faire un brûlot d'extrême droite, mais « branché ».

Branché... Pauvre con ! Le plus navrant est qu'en effet ça peut marcher... Le monde est devenu si con depuis qu'on n'est plus là.

Détente

C'est la détente. Allons, soyons pas chiens, ça mérite bien la majuscule. La Détente. La grande guerre exterminatrice Ouest contre Est, la sainte croisade plus ou moins nucléaire contre le communisme impie, la Troisième Mondiale, pour tout dire, n'aura pas lieu. Ça s'est fait tout d'un coup, ça surprend, il faut changer des tas d'habitudes... C'est que, depuis près d'un demi-siècle, on s'y préparait, on l'attendait, on rentrait la tête dans les épaules, on guignait l'abri le plus proche, on disait « Merde, à la fin ! Que ça pète un bon coup et qu'on n'en parle plus ! »... Et voilà, c'est fini. Ça n'a pas pété, ça ne pétera pas. En tout cas, pas de ce côté-là. L'Est a dit « Pouce ! » et s'ouvre au Coca-Cola. On se met d'accord pour désarmer, et bon, on désarme. Symboliquement, pour commencer. Cette détente est encore bien frileuse, on ne sait jamais, avec ces fourbes... N'empêche, on fait des gestes. Spectaculaires. Un symbole, pour fonctionner, doit être spectaculaire. Spectaculaire, ça veut dire télévisé. Et donc l'Occident charmé voit défiler sur ses écrans magiques les armadas terrestres aux carapaces d'acier, mais dans l'autre sens, le mauvais, du point de vue militaire. Ils rentrent à la niche, les mastodontes cracheurs de mort subite. Joie dans les chaumières, grimaces dans les conseils d'administration, la guerre, même potentielle, est le meilleur client de l'industrie, mais les chaumières sont égoïstes, que voulez-vous.

Joie, donc, dans les chaumières. Vue prise d'hélico. Une route qui serpente quelque part en Allemagne. Une caravane de camions s'y traîne. Une longue, une interminable caravane d'énormes camions kaki, bâchés, hermétiquement clos, sinistres. Sur leurs flancs, l'étoile blanche américaine. Le commentateur, tout joyeux, nous annonce : « Le désarmement est décidément en bonne voie ! Ces camions U.S. chargés d'obus à gaz et d'autres armes chimiques quittent leurs cantonnements à proximité des frontières de l'Est pour rapatrier leur meurtrière cargaison, etc., etc. »

« Chic, se dit le téléspectateur, cette fois, c'est vraiment la détente ! On va pouvoir enfin respirer, élever nos enfants, ce genre de chose... » Il ne se dit rien de plus ? Non. Pourquoi ? Il devrait ? Le type dans le poste lui a dit que c'est une bonne nouvelle, alors, bon, il se réjouit, et qu'est-ce que tu trouves à y redire ?

Alors, personne ne sursaute ? Personne ne s'écrie : « Les salauds ! Les fumiers ! Ainsi, ils en avaient ! Toutes prêtes ! Tout le long de la frontière ! Des armes chimiques ! De ces immondes saloperies qu'ils ont tant reproché à l'Irak d'avoir employées ! Et on ne savait rien. Ils se gardaient bien de nous le dire. Ils nous en parlent seulement aujourd'hui, pour nous annoncer qu'ils les enlèvent, pour s'en faire parade, pour exalter devant le monde leur sincère volonté d'apaisement... Ordures galonnées ! Politiciens de merde ! Vous brandissez les accords de La Haye, de Genève et de je ne sais où encore, vous prétendez « humaniser » la guerre — rien que ça, tartufes : oser accoler « guerre » et « humaniser » ! —, vous condamnez les bricoleurs de la chimie de la mort massive, et vous, pendant ce temps-là, dans vos usines et vos arsenaux, vous industrialisez tranquillement la chose, vous produisez à la chaîne ces armes scélérates — pardon pour le pléonasme : toute arme n'est-elle pas scélérate ? —, vous entraînez minutieusement les spécialistes qui les balanceront sur ceux d'en face... Et quand, pour soigner votre propagande, vous les faites défiler à l'envers sous l'œil des caméras, les bonnes pommes, devant leurs petites fenêtres, sont soulagées et vous bénissent ? C'est tout ? Tout ce que ça vous fait, bonnes pommes ? Vous ne bouillez pas de rage ? Vous ne vous sentez pas cocufiés ? Vous ne descendez pas dans la rue pour tout casser ?

« Mais, dites-vous (vous l'avez lu dans le journal, vous n'auriez pas trouvé ça tout seul), mais, ces armes chimiques, il n'est nullement défendu d'en posséder, ni de les stocker ! Il est seulement interdit de s'en servir. On les installe face à l'ennemi, mais naturellement on ne s'en serait servi que si l'ennemi avait commencé. »

Ben, voyons. Crevez, bonnes pommes.

Le petit poulet et la grosse Mafia

C'est drôle que personne n'y ait pensé. Où peut-être l'a-t-on fait, et maintes fois, et suis-je seul à ne pas le savoir ? En ce cas, ça ne fera jamais qu'une fois de plus. Bof...

Dans une société humaine, le nombre de ceux qui exercent une certaine profession est fonction du besoin qu'on a d'eux. Une de ces professions consiste à empêcher de nuire ceux qui n'acceptent pas la règle commune, voleurs, escrocs, assassins par cupidité ou par passion, fauteurs de troubles, bref : délinquants. Cette profession, vous l'avez reconnue, c'est la police.

De même que le nombre des boulangers, des épiciers, des maçons ou des chauffeurs de taxi est (ou devrait être) fonction du besoin qu'en a la communauté, de même l'effectif des policiers est-il (ou devrait-il être) fonction du besoin qu'on en a, c'est-à-dire, en gros, du nombre des fauteurs de troubles. Bien.

Mais ceci suppose que le contingent de fauteurs de troubles soit réduit, très réduit, par rapport à la totalité de la population. Disons 2 %, 5 %... Allons jusqu'à 10 %. Si nous admettons qu'un policier suffit pour tenir en respect un voleur (j'inclus dans la police tous ses auxiliaires : bureaucrates, magistrats, gardiens de prison, etc.), alors nous aurons, homme pour homme, autant de policiers que de voleurs, soit 10 % de la population totale. Dix pour cent plus dix pour cent, cela fait vingt pour cent. Un cinquième de la population est donc consacré aux problèmes (totalement improductifs) du maintien de l'ordre, la moitié d'entre eux pour essayer de détruire cet ordre, l'autre moitié pour essayer de les en empêcher. Cela fait beaucoup de monde à nourrir. Encore supposé-je que la police neutralise parfaitement les délinquants. En fait, beaucoup de malhonnêtes passent à travers les filets, ou commettent des dommages qu'ils ne peuvent réparer. Bilan de toute façon pire encore. Respirez bien à fond et buvez un coup, ça ne fait que commencer.

Supposons maintenant que le pourcentage des délinquants augmente. Qu'à cela ne tienne, augmentons en proportion les effectifs de la répression... Oui, mais cela entraîne qu'augmente également la proportion du budget général consacré à cette répression. Or, du fait que davantage de citoyens sont devenus voleurs ou policiers, la production diminue. Sans compter qu'une plus grande partie de cette production est confisquée par les voleurs impunis... Enfin, bon, supposons, cahin-caha, qu'on y arrive quand même, en se serrant la ceinture. L'ordre règne, ou à peu près.

Et si la proportion des délinquants augmente encore ? Si elle atteint, par exemple, 50 % de la population ? Verserez-vous en bloc l'autre moitié dans la glorieuse phalange des Chevaliers de l'Ordre ? Et le travail, alors, qui le fera ?

Vous souriez finement. Vous voyez là une espèce de parabole dont vous attendez avec gourmandise que je tire la moralité. Mais pas du tout. Je suis en train d'exécuter devant vous un travail d'étude sociologique tout à fait sérieux. Une population composée d'une grande proportion de délinquants (ou d'aspirants délinquants), tenue en respect par une proportion correspondante d'agents de répression, cela s'appelle une dictature. Et quand la proportion de délinquants devient soudain, imprévisiblement, beaucoup plus grande que celle des forces de répression (ou est rendue plus hardie par la colère), c'est l'émeute, cela peut même être la Révolution, Sire.

Laissons ce cas extrême, qui relève plutôt de la politique et de l'histoire, pour redescendre chez nos délinquants classiques, voleurs, escrocs, bandits, maquereaux, marchands de drogue, fraudeurs du fisc, facteurs de fausses factures... Tant que ces activités demeurent artisanales, la police fait face au grain. Tant bien que mal. Il y aurait bien sûr beaucoup à dire sur la quantité de hold-up impunis, d'assassinats familiaux qui ne font pas de bulles, de compromissions entre pouvoir politique et délinquance financière, sans parler de l'indulgence utilitaire des policiers envers les délinquants-indicateurs..., mais bon, tant bien que mal, elle fait face, ne chipotons pas. La société, malgré fuites et bavures, tient debout et tourne, comme une vieille locomotive fourbue qui crache sa vapeur par tous ses trous.

Mais pourquoi le crime resterait-il artisanal ? Pourquoi, en ce domaine particulier, ne s'appliquerait pas la grande loi de l'économie libérale, qui n'est autre que la loi de la jungle : le plus fort (ou le plus rusé) dévore le plus faible ? Pourquoi la concentration capitaliste qui triomphe dans tous les domaines de l'activité économique ne sévirait-elle pas chez les arsouilles ?

Pardi, elle sévit. Elle s'appelle Mafia. Elle s'appelle Camorra. Elle s'appelle du nom des patrons de la cocaïne de Colombie, du nom des patrons de l'opium de l'Extrême ou du Moyen-Orient, du nom plus ou moins secret de bien d'autres organisations criminelles... Ce n'est pas nouveau. Il y eut de tout temps des ambitieux constructeurs d'empires, souterrains ou au grand air. Mais voilà qu'est apparue une activité criminelle infiniment plus juteuse que l'attaque à main armée, le cambriolage, la prostitution, la contrebande, le jeu ou l'extorsion de fonds à grande échelle. La drogue, puisqu'il faut l'appeler par son nom, relègue braqueurs et marchands de viande dans les activités de jardin d'enfants. Aucune industrie au monde, licite ou illicite, ne rapporte autant que la drogue, pour une mise de fonds quasi nulle. Les gains fabuleux ridiculisent les risques. Le problème majeur des trafiquants est la manipulation des sommes colossales qui leur affluent dans les mains, leur réinjection dans le circuit honnête, en un mot le « lavage » des narcodollars. C'est un problème. Ils le résolvent. Quel problème ne se résoudrait là où le fric abonde ? En y laissant ce qu'il faut de plumes au passage, ils réussissent à investir leur fric pourri dans des affaires absolument propres. Et donc assurent des emplois aux honnêtes travailleurs. Et s'installent dans l'équilibre économique général. Les voilà admis à la sacro-sainte table des conseils d'administration, participant au grand jeu de la concurrence et de la concentration capitaliste. Soyez certain qu'ils n'y apportent pas une sensibilité exagérée. N'oublions pas que les narco-dollars continuent à affluer, avantage que n'ont pas les sociétés dont la solidité n'est assurée que par la vente des petits-suisses ou des montres à quartz qu'elles fabriquent. Combien d'honorables multinationales cotées en Bourse sont-elles, dès aujourd'hui, totalement ou partiellement phagocytées par les marchands de drogue ? Combien de hauts fonctionnaires, combien de gouvernants sont des pantins dont les crapules tirent les ficelles ?

Il n'est nullement exagéré d'imaginer qu'un jour toute l'économie mondiale passe entre les mains des gangsters. Cela ne changerait d'ailleurs pas grand'chose : on ne triche pas avec les lois du marché. Tout au plus se montreraient-ils davantage « patrons de choc » que les capitalistes actuels. Le retour au capitalisme intransigeant des débuts de l'ère industrielle, qui s'amorcera de toute façon maintenant que l'URSS a admis la faillite de l'utopie socialiste, en serait seulement accéléré. Le XXIe siècle, disait l'autre, sera religieux (ou mystique, je ne me rappelle plus, et qu'importe ?). Il sera également réactionnaire dans tous les domaines. Et patriotard. Et illettré... Il sera terrible. Il dégoulinera de sang.

Prise du pouvoir par les gansters ? Ce ne serait pas la première fois. Qu'étaient d'autre que des bandits aventureux les envahisseurs germaniques qui ravagèrent l'empire romain, massacrèrent, incendièrent et, surtout, pillèrent ? Maîtres du pays, ils s'aperçurent que, tels les maîtres précédents, après l'orgie de la conquête ils ne pouvaient que l'administrer au mieux pour exploiter le croquant et lui faire cracher l'impôt. Ainsi se fonda cette aristocratie aujourd'hui si imbue d'elle-même. Les tueurs de la Mafia sont-ils les aristocrates de demain ?

Beauté

Je sais fort bien que la beauté des animaux, ni plus ni moins que toute beauté, n'existe pas « en soi ». Que cette sensation d'harmonie, de bonheur, dont elle m'emplit, aussi évidente, aussi éclatante soit-elle, n'est que le produit de ma sensibilité, modulée par mon éducation, mes habitudes, mes conditionnements, mes états d'âme... Je sais que rien n'est beau ni laid, que beauté et laideur sont en moi, produites par moi, projetées par moi sur les êtres et les choses. Quelque chose n'est beau qu'autant qu'un regard le juge beau, le crée beau. Pas de beauté sans spectateur. Encore le spectateur doit-il être doté de ce « sens », si l'on veut, qui décide de ce qui est beau et de ce qui ne l'est pas. Un chien, animal psychologiquement très perfectionné, a-t-il la notion du beau ? Le rire, dit Rabelais, est le propre de l'homme. Il me semble pourtant bien avoir surpris mon chien à rire, à ricaner, tout au moins. Mais je n'ai jamais observé qu'il fût sensible à la beauté des choses, à moins qu'on ne puisse appeler « sens du beau » sa préférence pour le vieux tapis rouge et son aversion pour le jaune. S'il possède ce sens du beau, celui-ci n'est en tout cas pas perturbé par des considérations racistes : il est exactement autant attiré par le train arrière d'une femelle de race outrageusement hétéroclite que par celui d'une pure congénère. Sans prendre plus de risques que Rabelais, je dirai donc que le sens de la beauté est le propre de l'homme. Et aussi la pitié, mais sachons limiter notre propos.

Je sais aussi que ce sens du beau est purement subjectif, donc arbitraire, quoique modulé, ainsi que je le disais au début, par les influences qui, dès le berceau, vous tordent un bonhomme et en font le produit conforme de son milieu...

Je sais tout cela. Et alors ? La beauté n'est qu'illusion, fantasme, reflet illusoirement agréable d'une nature impavide... Bon, d'accord. Mais, ceci posé, puisque je suis ainsi fait qu'il faut que quelque chose soit beau ou laid, m'attire ou me repousse, me réjouisse ou me répugne, pourquoi résister ? Je ne résiste pas. Je jouis du beau, je fuis le laid (ou j'essaie de le rendre beau, ou de le voir beau). Je sais aussi que je ne suis qu'une poussière dans un Univers énorme, indifférent, inconscient et sans but, je sais que rien ne justifie mon existence ni ne lui assigne une raison d'être, j'ai beau savoir, je sais, je sais, bon, et quand il m'arrive d'y penser (souvent !) ça m'écrase et m'angoisse, mais je vis la plupart du temps comme si ma vie avait de l'importance, comme si elle était la seule chose importante au monde depuis qu'il est monde... Vanité, bien sûr, mais on fait comme si. Parce qu'on est ainsi fait. Parce qu'on est tout seul dans sa peau et qu'on n'en a qu'une. Bien heureux d'avoir su me garder des consolations menteuses des religions, ces marchandes d'illusion.

Ma vie n'est rien, et pour moi elle est tout. Car sans elle rien n'existe, ni moi, ni le reste. Elle va finir, si pas aujourd'hui, demain, et je fais comme si elle devait durer toujours. Car avoir la certitude de sa mort, c'est être déjà mort... Alors, pourquoi, pour la beauté, n'en ferais-je pas autant ? Oublier la subjectivité de la chose, l'illusion qu'est cette iridescence fugace d'où naît mon plaisir, sans être dupe, mais sans refuser ma part d'illusion.

Encore un « propre de l'homme » : vivre et se regarder vivre. Si possible d'un œil amusé.

Banlieues

Grande manif des lycéens. Ce devait être la fête. Ce fut la grande pagaille, le pavé livré aux casseurs, les boutiques mises au pillage, l'incendie un peu partout.

Désormais, chaque grand machin populaire voit se déchaîner les casseurs. Sur les gradins des matchs de foot ou à la queue des manifs, ils ravagent tout, pètent les gueules, dégringolent les vitrines, pillent, détroussent, piétinent les allongés, foutent le feu, renversent les bagnoles, tuent s'ils le peuvent impunément.

On les appelle « casseurs », « hooligans », « loubards », « asociaux », « éléments incontrôlés »... Ils font peur, ils empêchent la masse des manifestants sincères ou des spectateurs passionnés de sport, bref, des gens « normaux », de défiler ou de vibrer en paix. On les considère comme une minorité de fauteurs de troubles, un problème marginal, marginal comme eux-mêmes.

Non. Ils ne sont pas de petits îlots anormaux disséminés à la périphérie de la société.

Ils sont la norme, et le seront de plus en plus.

Ils sont la population des énormes ghettos banlieusards, chômeurs de naissance sans aucun espoir de s'en sortir. Ils sont dès maintenant beaucoup plus nombreux que les lycéens.

S'ils étaient descendus en masse de leurs banlieues concentrationnaires, ils auraient submergé la manif lycéenne, pourtant impressionnante, auraient mis Paris à feu et à sang. S'ils avaient voulu.

Ils sont l'immense foule des exclus des études, par paresse, par manque de dons, par démission de l'école ou par ce qu'on voudra. Il n'y a pas de travail pour eux, il y en aura de moins en moins. Ceux même qui, ayant décroché leur bac, pousseront jusqu'aux « études », auront bien du mal à se caser. Que dire de ces rejetés d'avance, de ces illettrés, de ces parias ? Parias arrogants et fiers de leur marginalité même. Autant être fier de ce qu'on subit et mépriser quiconque échappe à la malédiction, c'est l'attitude prévisible.

Quand apparurent les premiers grands ensembles (c'était à Sarcelles, il y a près de quarante ans de ça), ce fut une stupeur et une indignation. La presse presque unanime dénonça ce que serait l'écrasant ennui de ces « cités-dortoirs », leur isolement, les formidables foyers de délinquance juvénile qu'elles constitueraient. « Délinquance juvénile » étaient des mots fort à la mode alors. Rien n'y fit. De quelque couleur qu'aient pu être les gouvernements successifs, le nettoyage par le vide de la population modeste des grandes cités et son parquage dans les lointains cubes de béton s'accéléra. Un hideux anneau de misère et de désœuvrement couvrit les banlieues.

En même temps, le chômage s'institutionnalisait. On en accusa (on continue !) une prétendue « crise » qui n'existait pas. Malgré les chocs pétroliers et les vicissitudes du dollar, l'industrie tournait à plein, les sociétés faisaient des bénéfices impressionnants. A condition de se moderniser, d'être « compétitives ». C'est-à-dire de remplacer les salaires et les charges sociales par des investissements en automation. Les « dégraissages » et les concentrations jetèrent sur le pavé des centaines de milliers de nouveaux chômeurs. Et cela continue. Quant aux jeunes, surtout s'ils ne sont pas qualifiés, ils sortent de l'école pour traîner les rues.

Or, on continue à considérer le chômage, officiellement, comme un effet de la « conjoncture », de la « crise », un phénomène fâcheux, mais en somme passager et exceptionnel. On fait miroiter l'espoir qu'on s'en sortira. Alors que tout cela est faux, qu'on est en train de vivre une époque de bouleversements plus cataclysmiques que ne le fut la révolution industrielle elle-même : l'éviction de l'homme du travail manuel, et même de tout travail d'exécution. Bientôt l'informatique le remplacera dans la plupart des tâches intellectuelles non créatrices, en attendant de faire mieux... Le profit du travail augmente, bien que le travail s'effectue sans travailleurs.

Ainsi chaque entreprise, fût-elle même nationalisée, s'équipe au nom de la rentabilité maxima et débauche en masse. Car chacun gère sa petite affaire au mieux de ses intérêts sans se préoccuper des incidences sur la société, celles-ci étant du ressort des hommes politiques. Lesquels sont bien incapables d'y faire face autrement que par des discours évasifs et des mesures de rapiéçage au jour le jour. Et donc la masse des jeunes désœuvrés augmente et augmente, dans les banlieues où l'on s'emmerde.

Quand on s'emmerde et qu'on n'a de goût pour aucun de ces trucs difficiles qui exigent de longs et acharnés efforts, on cherche des conneries à faire. Foutre la merde dans ce putain de monde qui vous étale sous le nez ses prestiges à base de fric et vous tire la langue, c'est encore ça le plus marrant. Comme au bal du samedi soir, mais géant, tu vois.

Ce n'est plus la « banlieue rouge » à papa, c'est la banlieue-cloaque. Quand elle bouge, les flics regardent de l'autre côté. Ils sont une masse énorme, ils sont LA masse. Inorganisée, heureusement. Jusqu'ici, tout au moins. Ils existent autant que les autres, ceux qui bossent, ils vivent à leurs crochets, et pour cela les haïssent. Ils seront un jour la majorité, au train où vont les choses. Dès maintenant, ils constituent une formidable puissance au service de la première grande gueule qui saura les organiser, les gonfler, leur foutre un « idéal » (le mot « idéal » devrait toujours s'écrire entre guillemets, l'infâme), leur imposer une tactique.

Avant la prise du pouvoir par Hitler, les effectifs des S.A. atteignaient les deux millions de soudards fanatisés, tous recrutés parmi les anciens combattants de 14-18 devenus chômeurs.

Créer de l'emploi

« Emploi », mot magique. « Créer de l'emploi », formule qui permet tout, qui couvre tout. Toutes les saloperies, bien souvent. Ce qui crée de l'emploi — ou prétend en créer — est sacré. Cloue le bec du contradicteur.

J'entends dans le poste qu'une autoroute va ravager le Marais poitevin, site pourtant archi-protégé, classé parc naturel par les Autorités. Ces mêmes Autorités qui interdisent — à juste titre — qu'on modifie si peu que ce soit ces lieux extraordinaires, riches d'une faune et d'une flore à peu près uniques, ces mêmes Autorités, d'un trait de plume, foutent tout en l'air, et vas-y donc ! L'autoroute — puisque, paraît-il, elle est nécessaire — pouvait passer sans dommage très au large du site « protégé ». Mais non, c'est là qu'elle passera, en plein milieu, oui, ainsi en avons-nous décidé, nous, Autorités, qui savons ce qui est bon pour vous.

Bien sûr, les associations de protection de la nature se mobilisent, proposent des contre-projets, manifestent. Le gars de la télé tend le micro au barbu (Déjà, hein : un barbu ! La France profonde se demande pourquoi les défenseurs de la fleurette ont tous cet air ex-hippie, baba-cool et brûle-Sorbonne...), puis, avec un sourire protecteur (« Il faut entendre les deux sons de cloche. Vous avez entendu les " contre ", je donne maintenant la parole au “ pour ” »), tend le micro à un brave maire du cru, chafouin mais bon genre, lui. « Parfaitement, moi je suis pour. L’autoroute apportera de l’animation dans le pays. J’ai déjà reçu des propositions d’usines, au cas où ça se ferait. Cela créerait une soixantaine d’emplois dans les communes environnantes. » Ça, c’est du sérieux, ça. Les mots sacrés ont été prononcés : « créer de l’emploi ». Tu peux toujours t’amener avec ta faune et ta flore.

Le même jour, même journal télévisé, le gars annonce gaillardement : « Renault licencie quinze mille emplois. » Eh bien, voilà, une soixantaine de ces braves gens vont être recasés, nous pouvons dormir tranquilles, la faune, la flore et le marais n’ont pas été sacrifiés en vain.

La publicité fait vendre, donc fait tourner l’usine, donc assure de l’emploi. La publicité est par conséquent l’activité maîtresse, celle qui tient toutes les autres dans sa main. La publicité est généreuse, la publicité est sainte, la publicité est belle, la publicité est culturelle, oser la critiquer est sacrilège.

« Euro-Disneyland », cet abcès purulent qui déjà dévore la bonne terre à blé de Brie et fera bientôt de l’Ile-de-France tout à la fois la garderie d’enfants et le bordel de l’Europe, « créera de l’emploi ». Surtout pour les cadres dirigeants, les artistes et les techniciens américains, les Français étant bien contents de se faire balayeurs...

A Palerme (Sicile), la Mafia tue, intoxique, pourrit tout. La population de la ville est massivement, bien que sournoisement, pro-Mafia : si, du jour au lendemain, la police réussissait à stopper les activités de la Mafia, vingt à trente mille travailleurs divers se retrouveraient au chômage. La Mafia est sacrée, la Mafia crée de l'emploi.

Timbre-réponse

Ceux qui te mettent un timbre pour la réponse ! Comme si un timbre allait décider à répondre celui qui n'en a pas envie ! Oui, mais, la culpabilité ? Si on ne répond pas, on est un salaud, merde ! Un voleur ! On vole un timbre...

Doublement dégueulasse, le procédé. Créer la culpabilité dans la tête de quelqu'un, c'est-à-dire l'inconfort moral, les tourments, les affres, comme ça, à distance, simplement en glissant un timbre dans l'enveloppe, c'est... C'est sadique, voilà. C'est se payer une grosse tranche de méchanceté pour deux francs et trente centimes. Pas cher, vraiment. D'autant plus injuste que la personne destinataire n'avait nullement l'intention de ne pas répondre, mais elle aurait fait ça plus tard, un de ces jours, elle l'aurait fait, sûr. Et, deux mois après, elle retrouve la lettre et son timbre parmi les chaussettes sales, et alors la culpabilité lui saute dessus, elle rougit, elle a honte, elle se déteste, et comme de toute façon il est trop tard pour répondre, ça aurait même l'air de se foutre du monde, la voilà accablée sous le poids de l'irrémédiable. Très, très malsain.

Il ne faut pas céder. Ne pas se laisser avoir. Bander toutes ses énergies contre la culpabilité qui pointe son vilain nez parce que, ouvrant une lettre, vous apercevez le timbre pour la réponse. Dites-vous bien que mettre un timbre pour la réponse est insultant pour celui qui le reçoit. C'est insinuer des choses déplaisantes. C'est vous forcer la main. Un véritable chantage moral, qui ne peut être que le fait d'un goujat. Aux goujats, on ne fait pas l'honneur d'entrer dans leur jeu de goujat. Le timbre pour la réponse, mets-le dans ta poche, garde-le pour une lettre d'amour... Mais voilà maintenant que ces cochons-là le collent d'avance sur une enveloppe avec leur adresse imprimée dessus ! Alors, décolle-le. Sans pitié. Il y suffit d'un peu de patience. D'autant que ce n'est pas collé-collé. La pauvre fille sous-payée qui se tape le boulot, figure-toi, qui en colle des comme ça par cinq mille à l'heure, ne va pas croire qu'elle se dessèche la langue pour mouiller le truc, ni qu'elle se foule le gras du pouce à appuyer.

Ce n'était pas une vraiment grosse colère. Il y a des jours, comme ça, où je serais presque de bonne humeur.

Pondeuses

Ceux qui vont proclamant, à longueur d'année, sur toutes les plates-formes où ils ont accès : « Faites des enfants ! La France se dépeuple ! L'Occident se désertifie ! Pendant ce temps, les barbares du Tiers-Monde, ces affamés, ces illettrés, se multiplient comme des lapins lubriques. Quelles troupes s'opposeront à leurs hordes ? » Et surtout, argument massue : « Qui paiera vos retraites, si vous ne pondez pas les futurs cotisants ? »

La guerre, la ruée des hordes, on n'y croit jamais vraiment, tant qu'elle n'est pas là. La retraite, ouillouille, ça, c'est du sérieux, ça. On a commencé à barrer les jours sur le calendrier depuis la première heure du premier emploi, on en rêve, on s'y cramponne, on ne survit que grâce à la riante image... Là, oui, on est en plein dans le concret. Surtout qu'on prend la peine de tout vous expliquer bien à fond, et d'y revenir souvent pour être sûr que vous avez tout compris. Les cotisations que vous versez aujourd'hui constituent un capital qu'il faut faire fructifier pour qu'il crache des bénéfices, lesquels seront, hé oui, vos retraites. Qui les fera fructifier ? Les travailleurs de demain, qu'il faut donc enfourner aujourd'hui. Elémentaire.

Mensonges. Un travailleur, aujourd'hui, produit dix, vingt, cent fois plus qu'un travailleur d'hier ou d'avant-hier, selon son secteur d'activité. Un travailleur de demain produira dix, vingt... fois plus qu'un travailleur d'aujourd'hui. Ce qui est ainsi produit, c'est du profit. La même quantité de travail humain produit un profit fantastiquement multiplié, de génération en génération. C'est le progrès, bravo, vous avez compris.

Et donc, de même qu'un seul paysan, aujourd'hui, produit autant que, disons, vingt paysans de 1900, et par conséquent nourrit vingt fois plus de morfalous, le profit issu du labeur d'un travailleur quelconque peut payer les retraites d'un certain nombre de pensionnés en plus de la sienne propre... A condition que ce profit multiplié soit réparti ainsi qu'il le devrait. La machine, l'automation, la robotique, « allègent », comme on se plaît à dire, la peine des hommes en faisant le travail à leur place... et en les réduisant au chômage. Les entreprises produisent toujours plus avec un personnel humain toujours plus réduit. La production augmente, augmente... La production, c'est-à-dire le profit. Où va ce profit ? Pas dans la poche des travailleurs : il n'y a plus de travailleurs (Ou si peu ! Et plus pour longtemps...). Pas non plus dans celle des retraités. (Retraités ? Il y aura des retraités ?) Le profit va tout droit dans la poche des propriétaires de l' « outil de travail », c'est-à-dire des entreprises, c'est-à-dire, de plus en plus, des énormes multinationales et des banques dont elles émanent (ou émanant d'elles).

Résumons. Le profit augmente, le nombre de travailleurs diminue. Puisqu'on s'accroche à la fiction que les retraites sont non pas fonction du profit produit par le travail, mais seulement fonction des cotisations versées par chaque travailleur, il est évident que, le profit du travail tendant vers l'infini, les retraites tendront vers zéro. Et ce n'est pas en pondant des gosses à s'en péter la matrice que les vaillantes mères de famille y porteront remède. Elles ne pondent que de futurs chômeurs, pas des producteurs.

Un problème se posera tôt ou tard. Ces marchandises crachées à cadence folle par l'industrie, qui les achètera, s'il n'y a plus suffisamment de consommateurs à niveau de vie suffisant ? Oui, eh bien, ce problème-là, on le résoudra le moment venu, comme toujours.

Donc, ceux qui nous poussent à faire des enfants en prétendant assurer ainsi nos futures retraites se foutent de nous. Mais alors, pourquoi font-ils cela ? Quel intérêt ont-ils au lapinisme encouragé ?

Avoir des bataillons bien épais à opposer à l'imminente ruée du Sud en haillons contre le Nord qui pète dans la soie, à cette ruée à laquelle, insidieusement mais de plus en plus, on prépare nos petites têtes pusillanimes depuis que la grande classique menace bolchevique a disparu de notre horizon ? Comme si la guerre, de nos jours, était affaire d'effectifs ! Et même si c'était le cas, pensez-vous que dix pour cent de Français en plus (encore aurait-il fallu que les mères pondeuses françaises en eussent mis un drôle de coup !) que dix pour cent de pioupious français en plus pèseraient lourd devant la formidable prolifération des foules arabes, hindoues, africaines, sud-américaines... ? Submergés, oui.

Il reste un dernier argument, le plus efficace

quoique le moins franchement avoué : la trouille que la « race » française ne se dilue dans l'apport massif de sang métèque. « Que diriez-vous si votre fille voulait épouser un nègre ? » A cette question pierre de touche, qui naguère eût fait sursauter l'interrogé, le Français moyen répond aujourd'hui de façon nuancée, il sait que le racisme est vilain, il sait ce qu'il est de bon ton de dire dans le micro. Elargissons le champ : « Que diriez-vous si toutes les Françaises voulaient épouser des nègres ? » Là, nous obtenons un sursaut nettement plus spontané. Une France café-au-lait ne serait plus la France, celle de Jeanne d'Arc, celle de la Vierge de Lourdes. (En France, la Sainte Vierge est blonde, l'Enfant Jésus est blond. « Blond comme les blés », se plaît-on à dire. Car les Français se croient blonds. En Afrique catho, la Sainte Vierge est-elle noire ? A-t-elle des lèvres à plateaux ? Son divin Fils est-il cloué, noir et crépu, sur une croix d'ébène ?) Nous touchons là aux réflexes de clan. L'animal montre les crocs. Monsieur le Pen le pousse au cul et fait « Kss, kss ! »

Il est notoire que, sur ce point, l'encouragement à la natalité forcenée, tous les gouvernements, tous les régimes, quelle que soit leur idéologie, et ce depuis Pétain qui inaugura la chose, ont suivi la même politique. Comme si la vitalité d'une nation se mesurait à sa densité de population au kilomètre carré. On dirait des mômes : « Moi, des billes, j'en ai plus que toi, lalaire ! » Fascination du nombre.

Soyons sérieux. Faire des enfants, c'est faire des chômeurs, c'est faire des malheureux, des aigris, des mal dans leur peau. C'est entasser de la chair à canon ou des contingents de mercenaires paramilitaires pour les aspirants-dictateurs de l'avenir.

C'est peut-être aussi, direz-vous, grossir les rangs des révoltés qui sauront forcer le capital à répartir plus justement le produit du travail, et donc à payer les retraites. On n'a pas pris le plus court chemin, mais tu vois, finalement, on y arrive !

Humm... Tu y crois vraiment ?

Moderne

Qui osera dire que l'art « moderne » n'existe pas ? Qu'on se fout de notre gueule ? Qu'on nous a tellement rebattu les oreilles avec les biographies navrantes des Van Gogh, Utrillo, Modigliani et autres géniaux précurseurs moqués, méprisés, crevant de faim, et devenus APRÈS LEUR MORT champions du monde des prix de vente, qu'on nous a rendus méfiants, frileux, n'osant plus dire qu'on n'aime pas pour ne pas avoir l'air d'un con, et nous fiant yeux fermés au jugement des experts, c'est-à-dire aux prix décidés par les marchands fabricants de renommées ?

Quand je m'emmerde, je m'emmerde, et rien ne peut me persuader que je me régale. Les ferrailles informes et prétentieuses qui encombrent le quai Saint-Bernard, par exemple, promu « musée en plein air de la sculpture », me font grincer de rage chaque fois que je passe par ces lieux, pourtant bien attirants. Une gigantesque tôle découpée en forme de décapsuleur de bouteille de bière, un énorme tuyau de tôle en forme de tuyau, mais peint en rouge, une boule de pierre qui a l'air d'être en ciment et qui l'est peut-être... Un dépotoir de brocanteur, un cimetière planté d'idoles ratées...

Le pékin se sent exclu. N'ose rien dire. Il sait que c'est de l'Art, que ça coûte très cher. Il a honte de ne pas aimer, de ne pas comprendre. Mais dis-le, pauvre mec ! Dis-le que c'est laid, que c'est triste, que c'est bâclé, que c'est de la provoque snob et pseudo-intello... Que c'est du terrorisme de fumiste ou d'incapable... Dis-le, mon frère quidam !

Au pied de ces choses, un pavage qui se veut « à l'ancienne ». Tout neuf et déjà brèche-dents, décollé, mal foutu... Toute une symbolique, toute une évolution : on se torture la cervelle pour inventer de l'inouï facile à bricoler mais on est incapable de poser proprement des pavés.

Le retour des poux

Quand j'étais petit, la télé, je savais qu'elle était pour dans pas longtemps : déjà, on avait la radio, et c'était tellement sidérant, tellement contre-nature d'entendre chez soi, dans une petite boîte, des gens qui parlaient à l'autre bout du monde, qu'à partir de là plus rien ne pouvait nous épater, le plus dur était fait, on trouvait même qu'ils prenaient leur temps, les savants, pour se décider à envoyer dans l'espace les images du cinéma comme ils envoyaient les musiques du pick-up, enfin, quoi, le cinéma existait, et en couleurs même, alors à quoi ça rimait de balancer sur les ondes ce qui s'entend et pas ce qui se voit ?

La radio, on ne l'avait pas, nous. Maman trouvait que ça mangeait du courant et que c'était vulgaire. Si bien que je ne connaissais de cette sublime invention que le « Concert des Auditeurs » et « Ploum-ploum-tra-la-la », que les radios des voisins balançaient à toute volée par les fenêtres larges ouvertes, et alors je me disais qu'effectivement c'était plutôt vulgaire et pas très excitant, mais je me disais aussi que c'était à cause du quartier, les pauvres c'est con et vulgaire, j'étais persuadé que les radios des gens riches et instruits parlaient à longueur de journée de Chateaubriand, de Madame de Sévigné, de l'orbite d'Uranus, des mœurs des fourmis, de la chute de l'Empire romain, de l'interaction électromagnétique, de la disparition des dinosaures, du mécanisme de la prise du pouvoir par Hitler, de la trigonométrie curviligne, de la relativité restreinte et généralisée, de l'évolution comparée des langues indo-européennes..., toutes choses dont j'étais éperdûment gourmand. Il suffisait de tourner le bon bouton, croyais-je en mon enfantine naïveté.

Aujourd'hui, la télé, on l'a. Depuis un bon bout de temps, même. La plupart des gens actuellement en vie l'ont toujours connue, elle fait partie de leur monde aussi bien que l'eau chaude, les restaurants chinois et l'air qu'ils respirent. C'est pour eux un truc naturel, quoi. Ils l'acceptent telle qu'elle est, sans se demander s'il ne vaudrait pas mieux qu'elle soit comme ceci ou comme cela. Ça ne les gêne pas qu'elle soit aussi con. S'ils veulent du pas con, ils s'adressent ailleurs, pas à la télé. Et bon, quoi.

Moi, j'en suis resté au stade gros plouc écarquillé devant les merveilles de la science. L'eusses-tu cru qu'un jour l'homme, abolissant le temps et la distance, communiquerait par l'image et par le son, gningningnin, ce genre de prose. Et alors je me dis : l'homme a aboli le temps et la distance pour vendre du produit à tuer les poux et du papier torche-cul. Et ça, oui, ça c'est le vrai miracle !

La télé, comme je vous disais tout à l'heure, on l'attendait, on savait que ce serait pour dans pas longtemps, ça ne pouvait plus nous épater. Mais le retour des poux ! Quand j'étais tout môme, les poux, ils appartenaient à la mythologie, comme les loups et les dragons cracheurs de feu. On aurait plutôt trouvé un loup-garou dans le bois de Vincennes qu'un pou sur la tête d'un enfant, même très pauvre ! Des fois je tombais sur un vieux journal des années moustachues, j'y voyais une réclame pour la « Marie-Rose », « La mort parfumée des poux », j'appelais les copains, ça nous faisait marrer presque autant que les pilules pour faire revenir les règles qu'on trouvait dans les mêmes journaux. Enfin, vous qui êtes sensibles à la symbolique des choses, vous voyez sûrement ce que je veux dire : cette invention inouïe, la télévision, pour vendre un truc à tuer les poux... Non ? Ça ne vous épate pas ? Mettons que je n'ai rien dit.

La télé, à part les poux, c'est du foot. Ou du vélo, ou des jeuzos, ou de la formule un... Bref, du foot. De la compète. Que le meilleur gagne. Délire national. Les mômes, plus accrochés que n'importe qui. Le vainqueur, ils adulent. Le perdant, ils lui crachent dessus. Là encore, vous dites : « C'est la nature. » L'instinct. Faut bien se passionner pour quelque chose. Un peuple a besoin de héros, tout ça, tout ça. Alors, dites-moi, pourquoi, à l'école, on n'a plus le droit de les classer, vos mômes ? Même plus celui de les noter. Ça les traumatiserait. Leur amputerait le sens de l'égalité. C'est vous, en tout cas, parents, qui le dites. Et, à peine rentré à la maison, le cher ange plonge dans la télé, qui est le temple du culte du surhomme. Exaltation délirante de la, justement, inégalité. Ça ne vous dérange pas ? Vous devez avoir raison.

Entre deux foots et deux marchands de poudre à poux, il y a, de temps en temps, généralement juste après la soupe, un film. Objet d'art. Le cinématographe est un art, le septième, je crois. Un art populaire, et il s'en fait gloire. Un film, de deux choses l'une : ou il est triste, ou il est con. Ou il est les deux, oui, mais ne compliquons pas. Il est triste neuf fois sur dix. On regarde la télé, on va au ciné, pour quoi faire ? Pour se distraire. Pour, comme ils disent, s'évader. Ben, merde. Que des histoires à te faire chialer toutes les larmes de ton corps, à te dresser les cheveux, à ressortir de là tout démoli ! Ils aiment le malheur. Le malheur, ils aiment. Le spectacle du malheur. D'un malheur qui pourrait être le leur. Ça leur fout les jetons, et après ils se retrouvent dans leur fauteuil, des caramels plein la gueule, et ils se disent ouf, c'est pas moi. Moi, la tristesse me rend triste, le malheur me navre, surtout le malheur quotidien, tu vois, la glu indécolable, l'HLM et la pluie, la cour de ferme et la boue, les existences écrasées par les fatalités, les sagas... Pire que tout, les sagas. J'abomine les sagas. Mais vous, vous aimez. Vous aimez pleurer. Vous aimez tout ce qui est le reflet de votre propre petite merdouille, vous vous sentez moins seul. Cinéma-vérité, dites-vous, tout faraud. Vérité mon cul. La vérité, je l'ai dans ma cour, dans ma tripe, dans le journal, elle m'écrase le nez, elle m'arrive dessous sans que je l'appelle, elle a une gueule de HLM sous la pluie, de môme qui crève d'overdose et de petite vieille pleurant toute seule dans son galetas. Quand je veux de l'« évasion », c'est de ça justement que je cherche à m'évader.

Je préfère encore les films comiques, c'est-à-dire cons. Oui, mais ils sont vraiment très cons. Tellement cons que je pique la crise, et je fous le camp. Alors ? Alors, rien.

T'es bien prétentieux, mon pote. Oui, hein ? Et les gars qui ont trouvé la télé, ils l'étaient pas, prétentieux ? Tu crois qu'ils allaient au foot ? Et ceux, avant, qui ont dégotté les lois de la propagation des ondes électromagnétiques ? Et ceux de l'électricité ? Et ceux... D'accord, j'ai rien inventé. Mais pourquoi des types calés n'inventent-ils des choses formidables que pour qu'elles servent à des conneries ? Des cerveaux de dieux pour vos joujoux débiles...

De loin en loin, avec mille précautions, la télé ose aborder un sujet « difficile ». De la science. Non, non, vous sauvez pas, pas tout de suite. De la science médicale. Ah, là, ça vous intéresse. Votre tension vous cause du souci, votre oncle Gustave vient de claquer d'un cancer, vous êtes concerné, vous restez sur la chaîne. Alors, voilà. Dix secondes de chirurgie. Du sang partout, le cœur qui saute comme un cabri hors de la cage, catgut, mademoiselle, ligature, compresse... Du Hitchcock. Plus de dix secondes, votre épouse tomberait dans les pommes, vous vomiriez sur le tapis. Pas fou, le réalisateur, il vous connaît, fin de l'horreur en couleurs, un savant à lunettes vous parle du haut de sa blouse blanche. Il se donne du mal pour ne pas être chiant, il emploie des mots de tous les jours, il parle lentement, comme à des petits enfants un peu retardés, n'empêche, vous, vous regardez la pendule. Heureusement le réalisateur, qui vous connaît, envoie vite vite de l'humain. Là, ça va. Enfin, de la science intelligente. La mémère raconte son fibrome, comme quoi elle était inquiète depuis quelque temps, elle l'avait même dit à la bouchère, alors sa bru lui a conseillé de voir son médecin, alors son médecin a dit faut faire une radio, alors... Là, ça baigne. Vous suivez, vous participez. Vingt minutes comme ça. Et merde, revoilà l'autre casse-pieds avec ses microscopes et ses schémas ! Heureusement, dix secondes, c'est vite passé. C'était une émission scientifique, vous avez vachement du mérite.

J'espère qu'après ça vous regarderez la télé avec la supériorité du gars qui sait que c'est rien que des conneries, mais que voulez-vous, c'est ça ou rien, n'est-ce pas. Ça vous donnera un petit air méprisant et blasé, les femmes adorent.

La prochaine fois, je vous dirai ce que vous devez penser de votre ordinateur familial.

Paris-rombière

Cette espèce de petit poème est, en fait (ou essaie d'être), une chanson. Marcel Amont voulait que je lui écrive une chanson. J'ai fait celle-là. Il l'a chantée, courageusement. Elle lui est donc dédiée. A toi, Marcel.

Paris Prévert,
Paris en savates,
Paris des bistrots,
Paris des mégots
Au coin des lèvres
Des Parigots,
Paris des quatre-saisons,
Des treize à la douzaine,
Paris mon village,
Ma campagne à moi,
Paris, tu es mort.

Paris, tu es mort.
Tu pues la charogne.
Paris, tu es mort
Et tu ne le sais pas.
Sur ton cadavre
Une horrible pute

A posé son cul,
Son gros cul carré.
Une horrible pute
A gueule de flic,
A ventre de béton,
Une horrible pute
A volé ton nom.

Paris-rombière,
Paris piège à cons,
Paris mémère
A perlouzes, à vison,
Tes vieilles pierres
Tu les as fardées
Pour qu'elles fassent
Plus vraies que vrai.
Tes vieilles pierres...
Ce qu'il en reste,
Ce que t'ont laissé
Les promoteurs, les saccageurs,
Les faiseurs de béton,
Les faiseurs de pognon,
Afin qu'ils puissent
Le bouffer, leur pognon,
Dans un cadre authentique,
Vachement.

Et les Parigots, dis, qu'en as-tu fait ?
Tes titis, tes poulbots ?

Tu les as virés, salope !
Tu les as virés !
Rejetés
Aux périphéries sinistres,
Aux HLM glacés,
Aux cimetières où l'on s'emmerde,
Où l'on n'a qu'une envie : tout casser.

Paris Belleville,
Paris ma ville,
Ma ville à moi,
Ventre de ma mère,
Chaleur de ses bras,
Paris, mes amours,
Tu es morte, bien morte.
Et sur ton cadavre
Une horrible pute
A posé son cul,
Son gros cul
De verre et d'acier
Chromé,
Avec du faux marbre
Pour faire joli.

Paris-gratte-ciel,
Paris vieilles poutres
Apparentes,
Paris-délire, Paris-musée,

Paris-parano, Paris sous globe
Pour le kodak du touriste,
Une horrible pute
A volé ton nom.
Les poètes sont des cons.

Art brute

Paraît que ça s'appelle des « tags ». Ah, ouais ? Ces dégueulasseries sur les murs ? Bah, pourquoi pas. Ça vient d'où, ce mot ? C'est de l'américain, voyons. La chose vient d'Amérique, le mot aussi, normal. Alors, va te faire foutre, je ne l'emploierai pas, ton mot. Je le hais autant que je hais la chose. Je ne dirai pas non plus « graffitis », parce que ça n'en est pas. Calligraphies d'analphabètes, bavochures de débiles profonds heureux et fiers de l'être, diarrhées de mongoliens jouant avec leur merde, piteux défis de l'anti-conformisme bien conforme, révolte-bidon, étrons verticaux chiés par des déchets ayant un trou du cul à la place du cerveau et voulant que ça se sache...

Cette lèpre nous vient donc d'Amérique, comme Euro-Disneyland, comme le Coca, comme le langage branché, comme toute la merde qui nous submerge, nous, minables franchouillards à béret basque colonisés jusqu'à l'os, et que nous avalons goulûment, pauvres sous-développés émerveillés que nous sommes.

C'est sale, c'est triste, c'est monotone, c'est cafardeux, ça te pourrit par l'œil et te démolit la journée dès le matin, à peine tu mets le pied dehors. Surtout, c'est con ! Mais con ! Triomphalement. Le glapissement de l'idiot du village qui n'a rien à dire mais qui veut gueuler et qu'on l'entende. La revanche du bon à rien qui, bien incapable de faire quelque chose de ses doigts, ravage, profane et, s'il le pouvait, démolirait ce que des gars habiles et pas feignants ont su créer. Ça pue l'impuissance haineuse, voilà.

Et puis, c'est une mode. J'abomine la mode quand elle n'est que la mode. Surtout la mode qui se veut « jeune ». Rien de plus moutonnier que l'anti-conformisme de masse.

Si encore ils ne dégueulassaient que les beaux quartiers, on comprendrait leur rage, leur explosion désespérée de parias parqués à vie dans les bagnes cubiques des banlieues-dépotoirs. Mais les beaux quartiers sont bien gardés, la témérité n'a rien à voir dans leur « révolte ». Alors, c'est d'abord leurs propres (!) murs qu'ils conchient, puis les métros, les trains, les monuments, les rues tranquilles...

Ça ne semble gêner personne. On courbe l'échine. On s'est résigné à la merde, là comme ailleurs... Après tout, je vous le demande, là, les yeux dans les yeux, est-ce vraiment plus insupportable, plus agressif, plus obsessionnel, plus insultant pour le goût et l'intelligence, plus violateur de la vie intime que les tonitruances publicitaires qui hurlent leurs niaiseries margoulines sur nos murs ? On s'y est bien habitués, non ? On s'est bien habitués, moutons dociles, à la goujaterie de la pub qui vous arrive en pleines gencives au beau milieu du film et vous casse l'ambiance en vraie grosse salope qui a tous les droits... Alors, hein, les tortillons sur les murs...

Mais j'y pense, mais justement, mais pourquoi,

s'ils ont tellement envie de faire joujou-caca avec leurs saletés de bombes, ces valeureux anges noirs, pourquoi ne dégueulassent-ils pas les affiches ? Coller des bacchantes au beau gosse plein de dents qui veut te faire acheter un ordinateur dont tu n'as rien à foutre, fourrer un paf géant dans la bouche de la connasse qui fait la pute pour le « Printemps » ou pour « Vittel » (Il y a mieux à trouver, d'accord !) ça, oui, ce serait profanatoire (et dangereux : la pub, c'est sacré, c'est du pognon, hé là !)... Faire déconner toutes ces bonnes tronches vendeuses de pacotille de merde, avec des bulles, comme dans les bandes dessinées... Ça s'est d'ailleurs fait, dans les années baba-cool, l'élan avait été donné par « Hara-Kiri ». Il y en avait de très marrantes, c'était un bonheur d'en découvrir de nouvelles... Ouah, hé, l'autre, hé ! Justement, papa, ça ferait baba ! Je crache ! Nous, on est de notre temps, et notre temps, c'est pas hier, c'est pas demain, c'est maintenant. Juste maintenant. Et si notre temps est con, soyons cons. Vivent les cons !

Ben oui, je vous comprends, mes petits. Tant pis. J'aurais bien sûr préféré que vous soyez drôles, sacrilèges, critiques, démolisseurs... Que vous ayez essayé, tout au moins. Mon indulgence vous était acquise, et même mon admiration. Mais bon, le fin du fin, le chic du chic, le branché du branché, c'est de ne pas critiquer, de ne pas délivrer de message, surtout pas ! Ignorer le contexte. La marginalisation totale. Avoir bien soin qu'aucun tortillon gribouillé ne risque d'avoir vaguement un air de ressemblance avec une lettre de l'alphabet. Etre con de naissance, mais se donner l'air de l'avoir fait exprès.

Et quand tous les gribouillis se seront rejoints, quand toutes les surfaces seront uniformément noires, on gribouillera en blanc. Les marchands de peinture en bombe se reconvertiront-ils assez vite ?

Animation

Grave question : où se trouve EXACTEMENT le centre géographique de l'Europe ? De l'Europe de la C.E.E., cela va sans dire, le reste ne compte pas, y a-t-il seulement un reste ?

Il y a fallu beaucoup de mesures, de contre-mesures, de corrections des mesures et des contre-mesures, enfin ça y est, on sait, de façon absolument formelle, à peu près, quoi, cherchons pas la petite bête : le centre de l'Europe est un petit bled français, vraiment tout petit, ravissant, blotti, ignoré. Il en est tout faraud, le petit bled. Aussitôt connue la chose, pleuvent les honneurs. Journaux, télé, interviews en direct. Braves gens :

— Quel effet cela vous fait, d'être le centre de l'Europe ? Vous êtes contents ?

— Oh, oui, alors, on est contents ! Ça va apporter de l'animation, sûr. Les touristes vont venir de partout. Ça va créer de l'emploi. Faudrait qu'on trouve quelque chose pour créer de l'animation. Peut-être un parc de loisirs, comme Astérix, vous voyez, mais pas Astérix, naturellement, vu que c'est déjà pris, alors faut qu'on cherche, c'est pas facile, mais on a le moral, dame.

— Donc, pour vous, c'est plutôt positif, d'être le centre de l'Europe ?

— Oui, voilà, c'est positif. Ça va faire sortir le pays de l'anonymat obscur, comme on dit. Faut qu'on trouve une animation, parce qu'ils vont venir, et s'il n'y a pas d'animation, ils vont repartir. Peut-être un tournoi de golf? Ça crée de l'emploi, le golf, pour leur porter les cannes, quoique maintenant, avec les petits voitures qu'ils ont...

Le rêve de tout paysan français : devenir marchand de merguez et de cartes postales. Et, en même temps, il râle contre ces étrangers pleins de fric qui achètent toutes les vieilles fermes et y mettent des piscines pour juste y passer les week-ends et qui ne font pas marcher le commerce local : ils apportent tout leur manger de chez eux, ces méfiants.

Mais voilà que l'Europe s'étend à l'Est. Rien que cette Allemagne qui se prend une grosse bosse qui n'était pas prévue, ça devrait faire basculer le centre géographique vers la droite de la carte... Et ce n'est qu'un début... Un beau rêve s'écroule.

Drapeaux

Chauvinisme ? Et alors ? Qu'est-ce que vous avez contre le chauvinisme ? Non, mais, ça va pas ? Le sport sans le chauvinisme, c'est des nouilles sans sel, c'est un western sans méchant, c'est une femme qui sent la laitue là où elle devrait sentir la femme... Il y en a qui voudraient, qu'ils disent, expurger le sport, chose tout à fait estimable, du chauvinisme, chose caca, qu'ils disent... Ils n'ont vraiment rien compris, mais alors, là, rien de rien ! Pauvres chères vieilles pucelles, sachez donc une fois pour toutes que, sans chauvinisme, pas de sport. Même les mômes qui tapent à coups de pied dans des boîtes de Coca rêvent de mettre un jour la raclée à tous les pas français et de rapporter le Mondial à Paris dans le délire chauvinard. Et d'abord, qui a commencé, hein ? Le chauvinisme ou le sport ? Ah, vous voyez bien.

On peut aussi déplorer que le noble visage de la guerre soit enlaidi par le chauvinisme des combattants. On peut. N'empêche que la guerre sans la haine de l'ennemi, vous trouvez que ça aurait du goût, vous ? Essayez donc de balancer une baïonnette dans le ventre d'un type, de l'enfoncer bien à fond, en tournaillant un peu à droite à gauche que ça lui fasse bien mal, lui découpe la boyauderie en lamelles tout à fait irrécupérables, juste comme le sous-off vous a appris dans la cour de la caserne, voilà, c'est ça, eh bien, essayez donc de faire ça calmement, flegmatiquement, le sourire de la bonne éducation aux lèvres, en vous excusant avec tact d'être obligé de déranger mais, n'est-ce pas, le boulot c'est le boulot... Oui, je vois que vous avez compris : ça deviendrait vite ennuyeux. D'ailleurs, c'est une vérité tellement évidente que vos chefs, vos gouvernants, vos journaux-radios-télés s'emploient activement à vous gonfler la glande du chauvinisme quelque temps avant le début du match, je veux dire la déclaration de guerre. On ne part pas à l'assaut comme ça, de but en blanc, il y a la préparation. Le réarmement moral de la nation, ça s'appelle, quand on est bien élevé.

Donc, avant de partir pour la guerre, il faut être très en colère. Absolument indispensable. Et aussi, bien sûr, être persuadé qu'on a raison, et que tous les copains ont raison, et que les fumiers d'en face sont les dernières des ordures, et d'abord on a le bon droit pour nous, eux, les salauds, ont le mauvais droit, rien que ça, tiens : être un soldat du mauvais droit, oser ça, quel culot, la rage me prend, le sang me bout, et puis de toute façon je m'en fous, tort ou raison, mon pays c'est mon pays, vive nous, à bas les autres, qu'ils crèvent, les autres ! A mort !

Mais, ne manquez-vous pas d'objecter, le sport n'est pas la guerre... Taisez-vous. Vous vous couvrez de ridicule. Sport, guerre, dans les deux cas, il faut quoi ? Il faut GAGNER. Gagner CONTRE quelqu'un. Quelqu'un qui se bat CONTRE vous et qui est donc l'ENNEMI, même si, par pure politesse, on dit l' « adversaire ». Si l'on n'adule pas jusqu'à l'extase son propre camp, si l'on ne hait pas de toutes ses forces le camp ennemi, qu'est-ce qui arrive, je vous le demande ? On perd la guerre, ou le match, parfaitement. Mais ce n'est pas encore le pis. Le pis, le voilà : ON S'EMMERDE. Et ça, c'est pas humain, ça.

Donc, pour bien goûter le sport, ou la guerre, il faut et il suffit, fût-ce provisoirement, le temps du match ou le temps de la Croisade du Droit, d'être chauvin jusqu'au vertige et con dans tous les flamboiements de la connerie. Sinon, on passe à côté.

Le sport, ça ne se déguste pas comme du yaourt, à la petite cuillère, en s'essuyant la bouche avec le coin de la serviette. Le sport, crénom, ça se vibre marteau-piqueur du haut en bas, ça s'explose tripes et boyaux, ça s'arrache les cheveux, ça sanglote, ça barrit, ça mord le chien, ça bat la femme, qui vous le rend, la salope, mais c'est l'excitation patriotique... Le sport, c'est pas la poignée de professionnels qui gigotent sur la pelouse, c'est cent mille connards fanatisés qui cherchent comment exprimer l'intensité de leur enthousiasme ou de leur désespoir, et qui trouvent : se jeter en masse sur les supporters de ceux d'en face, des fumiers d'étrangers, justement, et leur casser la gueule bien à fond, à coups de bouteilles, à coups de barres de fer arrachées à la grille, à coups de tout ce qu'on veut, et leur écraser la gueule sous les santiags ferrés... Le sport, quel qu'il soit, c'est tout un pays devenu con à crever, et fier de l'être. Sinon, encore une fois, ça ne fonctionne pas.

C'est comme l'orgasme, vois-tu. Si tu finebouches, si tu quant-à-soises, si tu gardes le contrôle, si tu tricotes discrètement ton petit orgasme en gentleman, si tu te retiens de pleurer, de braire et de crier « Maman ! » ou « Bordel de merde ! », tu n'auras même pas une extase au rabais, tu n'auras pas d'extase du tout. La nature aime les excessifs.

Pierre de Coubertin, l'inventeur du sport moderne, le redécouvreur des Jeux Olympiques, militait de toutes ses forces pour le rapprochement entre les peuples, la paix et l'amitié par l'effort, la saine émulation, les assauts courtois du stade, tout ça, tout ça... Mais, à peine né, le sport a échappé à ses fines mains d'aristocrate idéaliste et s'est mis à courir tout seul sur ses grosses petites pattes tordues. « La guerre fratricide fera place au sport fraternel... » Tu parles ! On a eu les deux, l'un préparant à l'autre. Oh, ben, c'est humain, quoi. Hélas, oui.

Bonheurs

Je peux, sans voir le temps passer, regarder, éperdu de bonheur, comment s'arrangent les poils sur le visage d'un chien. Je dis bien : visage. Ce tourbillonnement délicat autour des yeux, ces impeccables alignements évoluant en volutes subtiles qui épousent les caprices de l'ossature sous-jacente, et tout cela donnant cet insaisissable et irrésistible prodige : le beau. Pourquoi est-ce beau ? Beau en moi ? Pourquoi l'implacable harmonie du nécessaire produit-elle, de surcroît, cet « en plus », cet épanouissement en mon être contemplatif, qui est le beau, ce beau dont le manque me navrerait ?

Non, je ne vois pas là le doigt d'un dieu, mais je m'émerveille et me réjouis qu'il y ait en moi un quelque chose apte à sentir la beauté, à la créer, donc. Car la beauté n'existe qu'en nous, elle est une façon d'apprécier une harmonie que nous n'estimons telle que par un arbitraire où l'habitude tient le premier rôle... Peu importe le filtre, la notion du beau est en nous, et son besoin. Le monde n'est pas seulement une machine terriblement efficace, il est, pour nous, en nous, beau ou laid, donc source d'allégresse ou de déplaisir.

L'œil d'un mouton, l'arrangement de l'écorce sur un tronc, l'immensité de la mer, l'architecture d'un nuage... Comment ne voir dans le mouton que côtelettes grillées, dans l'arbre que bois de chauffage, dans le nuage que prédictions météo ?

J'aime tant les formes « spontanées », « brutes », que je collectionnerais volontiers, si j'avais le tempérament collectionneur (mais collectionner, c'est momifier), cailloux, ferrailles rongées de rouille, bouts de bois roulés par la mer ou sculptés par l'intempérie...

Une pierre meulière, tiens, une de ces meulières dont jadis, on construisait les pavillons de banlieue, que c'est beau ! Tout objet fabriqué, même amoureusement façonné par la main de l'artisan, tout produit de l'art, me touche moins que le matériau brut. Je n'ose y porter l'outil. Quelle statue vaut qu'on attaque le bloc de marbre ? Je suis amoureux du marbre, la statue me l'abîme.

Troupeaux

Touristes, je vous hais. Vous avez de gros culs, de grosses cuisses poilues, vos femelles sont mollasses et blêmes, ou rougeaudes et cubiques, vous êtes répugnants, vous êtes hideux, vous êtes ce que l'espèce humaine peut chier de plus laid, de plus con, de plus flasque. Vous encombrez de vos troupeaux ahuris les plus jolis coins de nos villes, vous les confisquez, les déshonorez, les transformez en camps de concentration où vous piétinez de votre piétinement lourdasse de bétail devant l'abattoir (si seulement... !).

Vous tartinez sur vos larges mufles ce sourire imbécile et satisfait du bon connard loin de sa bauge, vous vous dandinez sur vos vastes culs, l'obligatoire boiboîte de Coca à la poigne, l'obligatoire boiboîte à photos pendue au poitrail en cloche de vache, vous bloquez de votre masse moutonnière trottoirs, places et rues, si je veux passer (je bosse, moi !) je dois me forcer une trouée à coups d'épaule hargneux dans le magma pleine pâte — Je vais me priver, tiens ! — Vous étalez insolemment vos viandasses et votre connerie comme vous n'oseriez pas le faire chez vous. Vous êtes des sacs pleins de merde, c'est là votre nature profonde, le voyage organisé la révèle, l'exalte, la tire au grand soleil et la jette là, sur nos trottoirs, visqueuse et pestilentielle, tout ça pour nos gueules, merci du cadeau, et je ne parle pas des autocars monstrueux qui ne vous ont vomis que pour vous réingurgiter et qui, en attendant, bouclent hermétiquement des quartiers entiers, ces petites bêtes faut bien que ça se pose quelque part.

Du haut de votre béatitude de mongoliens gavés de bouillie, vous vous rendez vaguement compte de notre existence. Vous laissez traîner sur nous vos yeux sales, nous sommes les indigènes, nous vivons nos petites vies de tous les jours, si exotiques, si pittoresques, pour le régal de vos étonnements programmés. Vous vous poussez du coude. Vous pouffez. Vous, vite vite, clic clic, prenez la photo. Nous sommes les poissons rouges dans l'aquarium, vos mufles flottent de l'autre côté de la vitre. Vous êtes au zoo, vous êtes les normaux, vous avez payé pour venir voir du Français dans son jus, du Français à béret et à litre de rouge, vous cherchez à déceler sur nos faciès, dans l'affaissement de nos poches de veste, la trace héréditaire du béret basque et du litron.

A cause de vous, touristes, sales cons, tristes cons, une ville n'est plus une ville qui vit sa vie de ville. Elle est en représentation. Pour un public, le pire des publics : vous. Elle joue un rôle, son propre rôle. Et elle en remet. Oh, là là ! Des tonnes. Elle joue le rôle d'une ville du bon vieux temps, le bon vieux Paris sympa et pas fier comme dans Yves Montand et dans Balzac (Balzac ? Une espèce de sous-Dickens bouffeur de grenouilles, si vous voyez.) Vous, bien sûr, vous marchez. Vous avez payé. Vous ne voyez pas, vous êtes trop cons, et de toute façon vous ne voulez pas voir, que la ville fait semblant. C'est du décor. Tout bidon. Même le vrai vieux est maquillé en faux vieux. Et ça vous tire des glapissements ravis et prévus. Patates, va! Déchets. Fausses couches. Clones. Vous êtes des clones. Dommage qu'on ait cloné les plus moches. Ou alors ils sont vraiment tous comme ça, chez vous ? Aussi dégueulasses ? Je n'irai certes pas vous voir, dans votre pays de cons. Moi, touriste ? Qu'on me les coupe si jamais...

Paris est bidon. Toutes les villes « d'art » sont bidon. Le « Vieux Paris »... Mon cul ! Un minuscule noyau préservé, bichonné, maquillé, conservé sous cloche étanche, autour des quelques cartes postales grandeur nature qu'il faut ab-so-lu-ment que vous ayez mises dans vos boi-boîtes, avec au premier plan votre truie et vos merdeux, avant de retourner dans vos soues à cochons faire chier vos amis et connaissances avec vos kilos de diapos.

Vous ne voyez pas, vous ne voulez pas voir, que ces vieilles si pittoresques boutiques dans ces vieilles si authentiques ruelles ont été vidées de leurs commerces de vie, boulangeries, charcuteries, merceries, bistrots,... et qu'on a injecté à la place, dans le bon vieux décor, des marchands de souvenirs « made in Hong-Kong », de gris-gris folklo bidon ou « culturels », bref, de ce bric-à-brac snobinard qu'on trouve partout, y compris chez vous, mais chez vous vous ne le voyez pas, il est fait pour les yeux des bonnes pommes de touristes venus d'ailleurs, d'ici, peut-être bien, et les petits margoulins merdeux vous attendent, tapis là comme araignées en leur toile pour vous sucer ce pauvre fric qui vous a fait trimer toute l'année en vue de cet instant suprême... Mais vous n'en avez rien à foutre, vous ne voyez pas, vous ne voulez pas voir la réalité.

La réalité, c'est l'anneau de béton qui a dévoré la ville, les mornes verticalités verre-acier, le vertige universel qui est la vraie ville, partout la même, strictement la même, chez vous comme ici, et les banlieues merdeuses, strictement les mêmes, les usines et les autoroutes, à dégueuler, à se flinguer, vous ne voulez voir que le minuscule bout de « vieux » quartier rafistolé vieilles pierres vieilles poutres, fardé vieille pute, avec une Notre-Dame ou une tour Eiffel au milieu, parce que ça aussi c'est une industrie, la « vieille pierre chargée d'histoire » (comme si vous étiez capable de faire la différence entre Jeanne d'Arc et Marie-Antoinette !) et parce que vous vous emmerdez tellement, livré à vous-même, que vous suppliez qu'on invente des combines pour vous faucher votre fric pourvu qu'on vous procure du loisir bien balisé.

Vous vous faites trimbaler par le vaste monde afin d'entasser dans vos petites boîtes les images des merveilles plus ou moins bien conservées que surent édifier, ou peindre, ou sculpter, les hommes d'autrefois, parce que vous êtes bien incapables d'en faire autant, feignants... Vous construisez à la va-vite des merdes dont il ne restera rien et vous allez au bout du monde verser un pleur sur ce qui reste des temps où l'on bâtissait comme si l'on croyait à l'éternité. Vous pleurez sur les Pyramides mais n'avez nulle envie de construire les Pyramides *.

La France lâche son industrie, lâche son agriculture, et s'équipe à bride abattue en « infrastructures touristiques », genre Disneyland et le reste. La France a choisi. Les Allemands auront l'industrie, les Italiens, les Espagnols, l'agriculture... Ils gagneront du fric, ils viendront le dépenser en France. La France a choisi le tourisme. La France sera le bronze-cul de l'Europe, son Luna-Park, son Las Vegas, son casino et son bordel.

Un pays qui a vitalement besoin des ressources du tourisme est un pays de mendigots.

* Ah, si, j'oubliais : vous construisez la rigolade en Meccano de la cour du Louvre !

TABLE DES MATIÈRES

Les affamés d'autre chose

Les violeurs de cerveaux

Les jours qui passent

*Cet ouvrage a été composé
par l'Imprimerie BUSSIÈRE
et imprimé sur presse CAMERON
dans les ateliers de la S.E.P.C.
à Saint-Amand-Montrond (Cher)
en janvier 1991*

N° d'édition : 2619. N° d'impression : 3973-2936.
Dépôt légal : janvier 1991.
Imprimé en France